Max Frisch, geboren am 15. Mai 1911 in Zürich, starb dort am 4. April 1991. In fast sechs Jahrzehnten entstanden Romane, Theaterstücke, Tagebücher, Erzählungen, Hörspiele und Essays. Viele davon wurden zu Klassikern der Weltliteratur, darunter *Stiller*, *Homo faber*, *Mein Name sei Gantenbein*, *Biedermann und die Brandstifter*, *Andorra*, *Tagebuch 1946-1949*.

Max Frisch bereiste 1951 das erste Mal die USA und Mexiko. Der Besuch des fremden Kontinents prägte ihn und sein Schreiben nachhaltig. Immer wieder zog es ihn, auch für längere Zeit, nach Amerika, das für ihn zum Inbegriff von Offenheit und Weite wurde – im Gegensatz zu europäischer Enge und Engstirnigkeit. Von April 1981 bis September 1984 besaß er sogar eine eigene Wohnung in Manhattan.

Der Band *Amerika!* versammelt Texte aus Frischs Tagebüchern, Romanen und Erzählungen, die die Erfahrungen und Erlebnisse des Schweizer Schriftstellers mit den USA anschaulich machen. Literarisches und Essayistisches summieren sich zu einem Panorama Amerikas, in dem es an Liebesbezeugungen, aber auch an Kritik nicht fehlt. Und sie dokumentieren die scharfe Beobachtungsgabe und das hellwache politische Bewusstsein eines großen Schriftstellers.

Volker Hage ist Literaturredakteur beim *Spiegel*. Er veröffentlichte 1983 die erste Max-Frisch-Biographie, die bis heute als Standardwerk gilt. Von ihm erschien zuletzt im Suhrkamp Verlag: *Kritik für Leser. Vom Schreiben über Literatur* (2009), *Max Frisch. Sein Leben in Bildern und Texten* (2011).

insel taschenbuch 4009
Max Frisch
Amerika!

Max Frisch
Amerika!

Herausgegeben von Volker Hage
Insel Verlag

Aktualisierte und erweiterte Neuausgabe des 1995
im Schöffling Verlag erschienenen Bandes
Max Frisch, In Amerika
Umschlagfoto: Max Frisch-Archiv, Zürich

insel taschenbuch 4009
Erste Auflage 2011
© Insel Verlag Berlin 2011
Vertrieb durch den Suhrkamp Taschenbuch Verlag
Hinweise zu dieser Ausgabe am Schluß des Bandes
Umschlaggestaltung: HildenDesign, München
www.hildendesign.de
Satz: Hümmer GmbH, Waldbüttelbrunn
Druck: CPI – Ebner & Spiegel, Ulm
Printed in Germany
ISBN 978-3-458-35709-4

1 2 3 4 5 6 – 16 15 14 13 12 11

Inhalt

Amerika, 1951

Pioniere

Viele amerikanische Erscheinungen erklären sich, wenn man sich den Pionier-Hintergrund bewußt macht. Daher wichtig die Kenntnis des Mittelwestens und des Westens. Alles von gestern auf heute gebaut. Die Pionierzeit ist überall noch spürbar. San Francisco, Oakland usw. Aus den Bedingungen des Pionierlebens dürften folgende Erscheinungen zu erklären sein: Help yourself. Es ist nicht möglich, dem andern beizustehen. Überraschung am Anfang, daß sehr freundliche Leute einem Fremden nichts abnehmen, z. B. Telefon, Adressenfinden usw. Es wird nicht »bedient«. Vorteil: auch keine Bemutterung. Der Pionier muß alles können; es genügt, wenn er es einigermaßen kann, man geht weiter, es spielt keine große Rolle, daß die Dinge lange halten und daß sie schön aussehen. Bild der Ortschaft im Westen. Das Provisorische. In der Schule werden praktische Dinge unterrichtet, jedermann muß einen Schalter reparieren können usw. Die Umgangsform des betonten Positivismus und Optimismus als eine Umgangsform der Pioniere. Man muß sich gegenseitig Mut machen; es geht nicht an, daß der andere mich mit seinen persönlichen Sorgen belastet. How are you? Fine. Das Problem der geringen menschlichen Beziehung; die Pioniere ziehen weiter, man sieht sich oft nur einmal kurz. Heute noch sehr stark alles in Bewegung, verhältnismäßig viele Ortsveränderungen innerhalb eines Lebens. Then I moved. Der Mangel an Ansässigkeit, daher auch kein Handwerk. Vorteilhaft die Beweglichkeit gegenüber materiellen Dingen, man ist bereit, alles wieder zu verlassen. Häuser nicht für die Ewigkeit gedacht, sondern wie ein Kleid zum Verbrauch.

Überhaupt der Verbrauch, es wird nicht geschont. Rohstoff ist genügend vorhanden. Wenigstens bisher. Erinnerung an den Jeep-Fahrer in St. Margrethen, wie er die Benzintanks wegwarf. Im Pionierland hat man soviel Holz, als man schlagen kann; es ist keine Besorgtheit im Hinblick auf den Rohstoff, das Problem ist nur die Gewinnung. Es wird hier nicht geflickt, sondern produziert. Kapitalistische Grundlage, die ganze Wirtschaft ist nur durch laufende Produktion zu halten, daher ist der Verschleiß erwünscht. Im allgemeinen große Freigiebigkeit. Kein Geiz. Der Pionier und Nomade glaubt nicht ans Sparen. Merkwürdige Widersprüche zu der sonst deutlichen Bürgerlichkeit. Erinnerung an die Pionierzeit: der Drugstore, wo alles zu haben ist, Getränk und Werkzeug. Treffpunkt der Leute gewesen in den ersten Siedlungen.

Krieg

Gespräch mit einem Motel-Wirt in Kalifornien. Er sagt: Amerika ist für den Frieden, aber es kann sein, daß Krieg gemacht werden muß, um die Krise zu vermeiden. Als Zeichen der amerikanischen Friedensliebe erwähnt er, daß Amerika den Krieg nicht im eigenen Land wünscht. Meine Frage: Lieber in Europa? Seine unscherzhafte Entgegnung: Yes, they are used to have wars. Ich erzähle die Anekdote öfters, wobei mir in intellektuellen Kreisen versichert wird, der Mann spreche die Ansicht von einigen Millionen aus. Grundsätzlich: Die Angst vor der Krise ist größer als vor dem Krieg, wenigstens bei den mittleren und unteren Schichten, die wenig lesen. Die Depression ist für die Amerikaner eine eigene Erfahrung, die sie nicht vergessen haben. Nicht so der Krieg. Die Anzahl der Leute, die im Krieg waren, ist proportional sehr gering. Die Familien sind nicht betroffen wie in irgendeinem europäischen Land. Keine Zerstörungen im eigenen Land. Die Heimkehrer erzählen meistens nicht vom Krieg, sondern von ihren europäischen Eindrücken: Paris, Rom, Wien, Switzerland. Daher belletristische Färbung des Kriegserlebnisses. Für manche Amerikaner ist tatsächlich die Begegnung mit Europa (kulturell) ein entscheidendes Erlebnis geworden. Bekanntschaft mit einer anderen Lebensart. Die allgemein geringe Vorstellung davon, wie der Krieg aussieht, gibt der Propaganda ein leichtes Spiel. Schmucke Plakate in den Straßen: Job for a man, proudly serve, alles mit blanken, gesunden, strahlenden Gesichtern. Im allgemeinen das eindeutige Selbstbewußtsein, daß man den Krieg nur gewinnen kann. Mit wenigen Ausnahmen habe ich keine Leute getroffen, die kriegslustig waren. Viele aber halten den Krieg für unvermeidlich und für eine Angelegenheit in fernen Ländern. Korea völlig unpopulär. Bleistiftanschriften in der Subway: President Truman stop shooting in Korea, make peace my brother in Korea.

Schweizer

Es fällt mir auf, daß auch in Amerika (nicht nur wie bisher in Deutschland) die Tatsache, daß man Schweizer ist, immer besonders bemerkt wird; es folgt Lob oder auch offene Abneigung. Die Indifferenz, die ich mir wünschte, ist selten. Lob der Landschaft, der Produkte wie Uhren, Käse, Schokolade. Schon Maschinenindustrie und chemische Industrie nicht bekannt. Kulturell kaum gefragt; Erscheinungen wie Arthur Honegger, C. G. Jung, Frank Martin, Karl Barth werden nicht als Schweizer realisiert. Was wird von der Schweiz aus dagegen getan? Persönliche Erfahrung: Stelle mich vor auf Schweizer Gesandtschaft in New York, Dr. Gygax und

Dr. Pestalozzi. Es erfolgt überhaupt nichts, weder eine Einladung in den Schweizer Club noch eine persönliche Einladung zu einem Lunch.

Sehr häufig Ausdrücke der Antipathie gegenüber der Schweiz, die man in Empfang zu nehmen hat. Zum Beispiel amerikanische Schriftstellerin: Die Schweiz ist übersauber, sehr an Geld interessiert, die Leute sind dem Amerikaner gegenüber devot. Andere: Die Schweiz hat ein gutes Geschäft im Krieg gemacht. Mein Widerspruch dagegen. Ein Junge in New Orleans: Die Schweiz ist die einzige wahre Demokratie, weil keine Diskrimination. Weil keine Neger! Es ärgert mich immer wieder, daß wir auf die Touristenherrlichkeit unseres Landes hin angesprochen werden, gelobt für Landschaft, im Grunde nicht voll genommen. Vor allem aber immer mit einer besonderen Beachtung der Nation betrachtet, Erinnerungen an schöne Ferientage und GI-Fun. Im Ganzen kennt man von den Qualitäten, die uns wichtig scheinen, so gut wie nichts. Wir werden sehr viel geringer eingeschätzt, als wir es aus dem Spiegel unserer Presse anzunehmen gewohnt sind.

Allgemeines

Quantität. Die Quantität spielt eine entscheidende Rolle. Quantität als Maß der Dinge. Beispielsweise bei Sightseeing. Über Architektur: wie lang, wie breit, wie viel gekostet. Dazu der Superlativ: one of the longest X in the world. Es wird nie von der Qualität gesprochen. Die Lust am Superlativ geht bis ins Komische: world's biggest little town (Reno). Dadurch, daß alles sich auf die ganze Welt bezieht, bekommt es oft etwas merkwürdig Provinzielles, Enttäuschung, daß die Welt nichts anderes übrig hat, als was man hier sieht.

Die Sucht, sich in Superlativen auszudrücken oder in gesteigerten Ausdrücken, findet sich auch in der Umgangssprache. The nicest wine I ever had. Was man nicht mag: I hate it, nämlich einen vollen Aschenbecher. Das letztere erklärbar aus der Gefühlsarmut, übertriebene Betonung der Gefühlsurteile.

Das Heimweh nach Historie. Es genügt, daß ein Gebäude sehr alt ist, nämlich 50 oder 80 Jahre, um daraus einen point of interest zu machen, unabhängig davon, ob es als Architektur belanglos oder geradezu schlecht ist. Selbst Leute von Niveau betonen: it is really old. Der Mangel an Historie als Quelle eines allgemeinen Unsicherheitsgefühls. Ich weiß nicht, woher ich komme. Dazu das Minderwertigkeitsgefühl des Parvenu. Es äußert sich teilweise im Wettstreit: der Amerikaner, der mir die Lichter am Times Square zeigt und mich fragt, ob das nicht mehr Leben sei als die Champs-Elysées, dabei kommt er von Paris. Der Hinblick auf Paris. Eine andere Äußerung von diesem Minderwertigkeitsgefühl ist die erwähnte Sucht nach dem Superlativ: man muß immer an der Spitze sein, und wenn es auf die belangloseste Art ist. Das wunde Verhältnis zu Europa, Haßliebe gegen die Väter, vergleiche das Buch »Die Amerikaner«. Das Parvenuhafte auch in Umgangsformen, Staiger berichtet von einer Party in New York: Brötchenessen mit Glacéhandschuhen. In diesem Zusammenhang die sehr verbreitete Gehässigkeit gegenüber den Engländern bezüglich Sprache und Lebensart. Hier wird betont, daß man unformell ist, was teilweise gar nicht stimmt. Sehr formelle Wichtigkeiten, weißes Hemd etc. Bei Intellektuellen ist das Verhältnis zu Europa meistens gelöster, man blickt nach Europa, bewundert, lernt, ohne deswegen das eigene Selbstbewußtsein aufzugeben. Bei Künstlern, vor allem bei den ganz kleinen, viel Nachahmung. Die Boheme spielt Paris, Village, etwas originaler in Santa Fe.

Das heilige Tier der Amerikaner, das nicht gestört werden darf: der Halbwüchsige. Er darf pfeifen und tun, was ihn lockt, wird nicht zurechtgewiesen, damit keine Frustration eintritt. Beispiel bei Verebes. Wir wollen uns ernsthaft unterhalten, was aber nicht möglich ist, weil der Bub vor der Television sitzt, es ist nicht möglich, ihm das zu verbieten oder auch nur anzuordnen, daß er leiser stellt. Die Hemmungslosigkeit der Jungen, trotzdem sehr viel Frustration bei den Erwachsenen. Was stimmt nicht? Positive Seite, Besuch bei Marshall, wir sprechen über die UNESCO, ein 14jähriger Junge sitzt dabei, der bisher ein Autoheft studiert hat, plötzlich aber am Gespräch teilnimmt: in my opinion. Dabei sehr kluge Fragen, die das Gespräch nicht stören. Vor allem aber, Mr. Marshall wird nicht ungeduldig, sondern unterrichtet den Jungen ohne jede Herablassung. Der junge Mensch ist gleichwertig und hat ein Recht, sich zu äußern ohne Angst vor Autorität.

An Kurt Hirschfeld

Berkeley, 15. 8. 51
Otis Street 2928 1/2

Mein lieber Hirschi!

[...]

Hier, Du wirst es gehört haben, habe ich ein kleines Haus zwischen Negern und Chinesen, wunderbar allein, Arbeitszimmer mit Blick auf Wäsche, einen Garten, Eisschrank, Radio und viel Platten. Klima wie Herbst bei uns, köstlich, die Tage vergehen mir, ich weiß nicht wie. Ich arbeite nur. Dazwischen habe ich hin und wieder Gäste, sehr nette junge Menschen, Amerikaner, Studenten und Leute von jungen Theatern. Über Theater schreibe ich darum nichts, weil nichts Nennenswertes war; Gutes, ja, und viel Dilettantisches auch. Aber ich habe ja noch den Winter in New York. Uta Hagen ist in Paris. Sie kochte mir ein himmlisches Essen in ihrer himmlischen Wohnung, aber ich bin dieser Frau gegenüber immer befangen, ich könnte sie lieben, blödsinnig, doch muß ich anfangen, mit dem Einsammeln von Niederlagen etwas sorgfältig zu werden. Sonst küsse ich mich so oberflächlich durchs Land, das ja groß ist, und das ist die eine Offenbarung für mich, dieses Meer von Land, viel Wüste auch, Gestirnlandschaft, man reist so von Sonnenuntergang zu Sonnenuntergang, ich verstehe die Brüder, die da gegen Westen zogen, Gold war die Ausrede, wirklich meinten sie das ungeheuerliche Gefühl von runder Erde, deren Gast wir sind. Das andere: die Neger, ein Gottesdienst nur unter Negern. Ich habe versucht, es am Radio zu erzählen. Und das Dritte: die Eremitage, Begegnung mit mir, ein grobes Ding, dem man bestenfalls mit Schreiben beikommt. Ich habe hier, meine Arbeit von New York betrachtend, nochmals von vorne begonnen, was hinwiederum nicht heißt, daß ich jetzt besser schreibe, aber ich bin völlig in der Arbeit, ohne Zeit, nach San Francisco zu fahren, das keine Stadt ist, aber viele Reize hat – neben dem allgemeinen Reiz, fremd zu sein, so daß man keine Klumpen an den Füßen hat, man kann bleiben und gehen, was man auch in Zürich kann, aber ich mußte gehen, um es zu wissen.

Zuhanden Deiner Neugierde: Eva geht es gut, so wie es den sogenannt selbständigen Frauen gut geht, noch immer mit ihm (ob wir den selben meinen?), mein eigentlicher Engel in New York, aber wir werden älter, die Frauen kommen zuerst in den kühlen Schatten. Und Cleveland: zehn Tage bei Benno, der unverdrossen wuchtet, wie immer Mittelpunkt der Welt, Karamu geht es gut, aber viel Dilettantismus, finde ich, rührender Art. Natürlich läßt Dich alles grüßen, ich bin Dir auf den Spuren –

Was macht Ihr? Trudy kommt im September, dann auf nach Mexiko, hoffe ich. Grüße von mir – der Brief ist an Dich allein – Otto, Oberer, Böppli, Weber, Bischof und Vergessene – Dir, lieber Hirschi, alles Gute. Herzlich Dein

Max

Glossen zum amerikanischen Theater

Arthur Miller, von den glorreichen Autoren der einzige, dem ich persönlich zu begegnen die Gelegenheit hatte, wohnt drüben in Brooklyn, wo er als Sohn jüdischer Kleinbürger aufgewachsen ist, heute in einem schönen, nicht zu großen, doch eleganten Haus, elegant ohne die Atmosphäre persönlichen Geschmackes. Man denkt an einen glücklichen Mann, der etwas plötzlich das große Los gewonnen hat; was darüber hinaus weist, sind drei wunderbare Blätter von Picasso, ferner ein Schrank mit Grammo-Platten: Bach, Mozart, Beethoven, Brahms, Debussy, Strawinsky, Honegger. Es ist ein säuberlich geräumter Salon ohne Bücher, ausgenommen ein dickes Werk, das unzufällig-würdig auf dem marmornen Cheminee steht: A TREASURY OF THEATER, von Aeschylos bis Arthur Miller. Und am andern Ende des marmornen Cheminees steht das andere Buch, das in diesem Salon zu sehen ist, in edles Leder gebunden mit Goldschrift: DEATH OF A SALESMAN. Kurz darauf kam Arthur Miller selbst, der mich versehentlich in Manhattan gesucht hatte, ein großer und hagerer Mann von 36 Jahren, der sich sogleich im offenen Mantel niedersetzt, einen Drink nimmt, bevor er den Mantel in die Halle hängt, schlaksig in seiner Bewegung, jungenhaft wie ein sieghafter und etwas müder Sportler, der beide Beine von sich streckt, ungezwungen im Gespräch und von jener flinken Offenheit so mancher Amerikaner, die wir so leicht für Freundschaftlichkeit halten. Überzeugt, daß Miller im Laufe der letzten drei Jahre genug über sein erfolgreiches Stück vernommen haben dürfte, zog ich das Gespräch auf andere Gebiete, Mexiko zum Beispiel, wobei ich vernehme, daß Miller einmal auch ein Stück über Cortez und Montezuma geschrieben hat, nicht aufzuführen, da es zuviele Bühnenbilder erheischt. Ein Gespräch, obzwar noch ein interessantes Ehepaar hinzu kam, wurde es nicht, Miller ist offensichtlich daran gewöhnt, Audienzen geben zu müssen, so daß er die andern Menschen wesentlich als seine Interviewer betrachtet. Notiert habe ich lediglich seinen Ausspruch: »Da heutzutage niemand so gute Stücke schreibt wie ich.« Und trotzdem möchte ich nicht in seiner Haut sein; Selbstbewußtsein, wunderbar, und warum dürfte das Selbstbewußtsein [in] der schöpferischen Phase nicht maßlos sein? Hier aber das Selbstbewußtsein eines Gewinners, dahinter die Angst: Wie wiederhole ich meinen Treffer? Der große Tagesruhm als ein menschliches Problem, man spürt es schon daran, daß es immer wieder Arthur Miller selbst ist, der den »Tod eines Handelsreisenden« in die Unterhaltung ruft. In der Halle draußen, beim Verabschieden, weist er auf Haufen von Post, Geschiebe des Ruhms, Leute drohen mit dem Gashahn, wenn man ihnen nicht tausend Dollar schicke, und Miller lacht, erzählt noch andere Schnurren aus der Zeit seines Erfolges, der nun zwei Jahre zurückliegt; Miller kommt nicht davon los, scheint es, er besetzt ihn wie andere ein Weltkriegserlebnis ... Ich erwähne diese Begegnung, weil sie zeigt: Nicht einmal für die wenigen, die das große Los ziehen, ist der Broadway ein menschlicher und künstlerischer Segen, ganz zu schweigen von den Hunderten und Tausenden, die ihr ganzes Leben verkrampfen in der Hoffnung, so glücklich zu werden wie Arthur Miller. [...]

Negertheater – eine meiner großen Erwartungen! – ist überraschenderweise kaum zu finden. Es gibt ein sehr interessantes Unternehmen in Cleveland: Karamu, was ein afrikanisches Wort ist und heißt: Ort der Versammlung und Erbauung. Aber eine Gründung der Weißen, was diesen Weißen zwar zum Lobe gereicht, ist es eine einzigartige und bedeutende Ermunterung für die Neger, ihr eigenes Theater zu gründen, aber noch nicht dieses Theater. Tatsächlich hat der Neger, auf seinem Weg zur Gleichberechtigung, nirgends ein so offenes Tor wie in der Kunst. Warum nutzt er es kaum hinsichtlich des Theaters? Ich sah eine Gruppe in Harlem, genug um zu wissen, was man schon weiß: wieviel die Schauspielkunst von den Negern zu erwarten hat. Und trotzdem gibt es zurzeit kein Theater der Neger: – weil sie als Publikum nicht hingehen, sagt mir ein zuständiger Neger, denn ihre Mehrzahl will ja nicht Neger sein; ihr Minderwertigkeitsgefühl drängt sie, wenn sie es sich leisten können, in das Theater der Weißen, das heißt Broadway und Broadway-Trabanten.

Anläßlich eines Treffens in Chicago, veranstaltet von der Rockefeller Stiftung, machte ich eine aufschlußreiche Bekanntschaft mit sieben jüngeren amerikanischen Autoren. Wie steht es um das amerikanische Theater? war das Thema der Konferenz. Und wenn es nicht zum besten steht: Was ist zu tun? – Nach unsrer europäischen Meinung gibt es wohl nur ein Instrument, das sich als tauglich erwiesen hat: das Repertoire-Theater, das Ensemble-Theater. Seine Vorzüge, ganz kurz summiert: ein literarisches Experiment, das zu einem Mißerfolg wird, bedeutet noch nicht den Bankrott des Theaters, da es seinen Haushalt durch das Repertoire ausgleichen kann; das Repertoire-Theater, im Gegensatz zum Broadway, kann sich ein Wagnis leisten. Im Gegensatz zum College-Theater, das man im großen ganzen als dilettantisch bezeichnen muß, bietet es dem neuen Stück eher eine taugliche Aufführung, so daß wir das Stück beurteilen mögen. Ferner hat ja das Repertoire-Theater meistens ein Stammpublikum, womit es sich die unfruchtbaren Summen für große Reklame erspart; [es] braucht nicht einen Star bloß für Reklame, so daß es eher ein gutes Ensemble bieten kann. Und so weiter! – Ich verschwieg nicht, daß die meisten europäischen Repertoire-Theater, um ihre Aufgabe besser erfüllen zu können, eine staatliche oder andere Subvention genießen, und hier klafften unsere Meinungen nun rettungslos auseinander.

»Dieser Gedanke«, sagte ein ernsthafter Kollege im Namen aller andern, »ist uns vollkommen zuwider, er verträgt sich nicht mit unserer amerikanischen Überzeugung: Was gesund und wertvoll ist, macht sich selbst bezahlt.«

Wievieles unter diesem Grundsatz nie hätte geschrieben und komponiert und gemalt werden können, was wir so zu den Schätzen der westlichen Kultur zählen, ist nicht abzusehen, ganz zu schweigen davon, daß etwa Philosophie, die ja auch an amerikanischen Universitäten unterrichtet wird, nicht rentiert und [auch] andere Wissenschaften nicht immer zu verkäuflichen Ergebnissen kommen ... Wissenschaft, sagte man mir, das ist etwas anderes! Und damit kamen wir schon zu einem nächsten Punkt, der meines Erachtens unsere Wege trennt: Kunst als ENTERTAINMENT, Unterhaltung, Geschäft mit Unterhaltung, wobei Unterhaltung nicht gemeint ist als wesentliche Unterscheidung gegenüber Kunst, sondern alles umfaßt von Shakespeare bis Hammerstein, Theater sozusagen als eine Art von Bar, wo man sich durch Berauschung erholt, diese Auffassung scheint in Amerika doch verwurzelter zu sein, als ich aus Protest gegen das Klischee vermutete. Selbst unter Künstlern ist es vorderhand noch eine Minderzahl, die ganz frei davon ist; mit vielen, denen es nicht an bewundernswertem Talent fehlt, werden wir uns daher nie ganz verständigen können. Was soll Theater anderes sein als ENTERTAINMENT? Wie so manches in der amerikanischen Denkart (leider begnügt sich der Europäer,

da sie ihn befremdet, allzu leicht mit arroganten Verurtei-
lungen, getreu dem klassischen Unfug, daß man, was fremd
bleibt, als barbarisch bezeichnet) erläutert sich wohl auch
diese Haltung zur Kunst mindestens teilweise aus der Tatsache, daß Amerika noch bis gestern ein Kontinent der Pioniere gewesen ist, jener Leute also, die vorerst einmal anderes zu
erledigen hatten, Straßen bauen und Wüsten bewässern, eine
Welt des homo faber, der am Feierabend vielleicht noch einem Dudelsack oder einer Gitarre zuhört: zur Unterhaltung;
ernsthaft aber ist der Bau der benötigten Brücken, das Züch-
ten der Pferde, das Roden des Urwalds. Und wenn sie auch
heute meistens keine Pioniere mehr sind, sondern bürgerliche Herren, etwas davon bleibt als Reminiszenz: Wieviele
amerikanische Männer, um männlich zu sein, überlassen es
ihren Damen, über Bücher und Gemälde zu plaudern! Das
Pioniertum des letzten Jahrhunderts, die zivilisatorische Erschließung des Kontinents war eine gigantische Leistung,
wovon sich heutzutage auch das etwas arrogante Europa er-
nährt, und die neue Generation, die darüber hinaus vorsto-
ßen kann zur kulturellen Erschließung, zur Eroberung der
großen Muße als Voraussetzung einer Kunst, die über das
Feierabend-ENTERTAINMENT in der Prärie hinausgeht, diese Generation ist ja eben erst angetreten. Wir haben keinen
Grund anzunehmen, daß sie, die Söhne, ihrer nächsten Aufgabe, so verschieden von der Aufgabe ihrer großen Vorfahren, nicht gewachsen sein werden – auch keinen Grund zu
übersehen, daß es heute noch nicht vollbracht ist. Ansätze
sind allenthalben vorhanden und deutlich genug, uns im übrigen ahnen zu lassen, daß Amerika, trotz seiner wirtschaft-
lichen und politischen Bevaterung unsres armen Europa, als
Kultur sich von der europäischen Bemutterung befreit und
uns immer fremder sein wird, je gültiger es sich selbst verwirklicht. *(Mai 1952)*

Unsere Arroganz gegenüber Amerika

Amerika ist ja kein Land, was wir Europäer als ein Land zu bezeichnen gewohnt sind, sondern ein Kontinent, nicht von einem Volk bewohnt, sondern von einer Völkerwanderung, die noch keineswegs abgeschlossen ist, und über Amerika zu sprechen, wagen wir bekanntlich nur in den ersten Wochen – womit nicht gesagt sein soll, daß unsere ersten Eindrücke sich nicht nach einem Jahr wenigstens teilweise bestätigen mögen; aber eben nur teilweise, und vor allem vergrößert sich immer, je länger man einer Sache gegenübersteht, das Rätselvolle daran, das Widersprüchliche. Vor die Frage gestellt: Wie ist Amerika? wird derjenige, der den amerikanischen Kontinent auch nur ein Jahr lang bereist hat, im Gespräch mit seinen Freunden, die Amerika noch nie betreten haben, sich eher durch Unsicherheit auszeichnen. Trotzdem hat man natürlich seine paar Meinungen, und wenn ich auch nicht ohne weiteres imstande wäre, sie gleichsam auf den Tisch zu legen, werden mir gerade im Gespräch mit Freunden, die Amerika noch nie betreten haben, gewisse Amerika-Erfahrungen bewußt, und zwar daran, daß ich immer wieder über eine europäische Arroganz erschrecke, die mir früher, da sie offenbar auch die meine war, nicht aufgefallen ist.

Es ist merkwürdig: Unsere Kioske sind voll Bücher über Amerika, Bücher jeglicher Art, Wissenschaft, Belletristik, Reportage, ganz zu schweigen von den Magazinen, die sich mit Amerika befassen, und gewiß läßt sich sagen, daß Europa, seit es den Krieg verlor, mehr über Amerika weiß als je zuvor. Von jedem Stammtisch fliegt einer nach Amerika, eine Terra inkognita ist es schon lange nicht mehr – und doch, meine ich, ist es merkwürdig: Unsere Kenntnisse sind größer als je, unsere Vorurteile keineswegs geringer, eher schärfer. Ich spreche nicht von Leuten, die heutzutage als unmittelbare Nutznießer von Amerika leben, daher beflissen sind, Amerika zu loben, sei es als Bewunderer des Kolossalen oder als Rhetoriker der Freiheit, wobei sie durchaus nicht wissen wollen, was tatsächlich geschieht; im allgemeinen, dünkt mich, ist Amerika eher unbeliebt. Die Gloriole vom wilden Westen – eine durchaus gerechtfertigte Gloriole übrigens; man fahre durch Arizona, durch California, durch Texas, und niemand wird sich der Faszination der allenthalben noch spürbaren Pionierzeit entziehen – diese Gloriole ist verblichen vor der akuten Tatsache, daß Amerika uns dominiert, vor einer Tatsache also, die uns zum sachlichen Interesse zwar nötigt, aber unser Interesse nicht eben fördert; denn jede Nötigung weckt Unlust. Und diese Unlust gegenüber Amerika, diese Befangenheit oder geradezu Gereiztheit finden wir ja nicht bloß in Deutschland, sondern ebenso lebhaft, ebenso borniert und arrogant auch in Frankreich, in Italien, in der Schweiz. Vor allem erschreckend ist die durchschnittliche Haltung der Intellektuellen.

»Sie sind ein ganzes Jahr in Amerika gewesen?« sagt jemand, der literarische Essays über Wilder, Eliot und Auden schreibt: »Haben Sie das denn ausgehalten?«

Ein anderer, ebenfalls gebildeter Mann, ein Emigrant und überzeugt, kein Chauvinist zu sein, fragte mich, ehe ich auch nur ein Wörtlein über Amerika hatte verlauten lassen:

»– aber haben Sie in diesem Jahr nicht auch ein positives Erlebnis gehabt?«

Die Beispiele ließen sich vermehren. Ein drittes und letztes: Ein zürcherischer Professor der Literatur hat den rühmlichen Ruf an die Harvard University bekommen und abgelehnt, ich erzähle es einem jungen deutschen Verleger.

»Das ist doch klar«, meint er, »daß er nicht geht: ein Kopf von diesem Format, ich bitte Sie, ein geistiger Mensch – was sollte er in Amerika!«

Die Arroganz, die sich in solchen Wendungen ausdrückt und übrigens auch beim Kleinbürger anzutreffen ist, wo sie entschuldbarer ist, bezieht sich natürlich nicht auf das Wirtschaftliche (wir wissen, in dieser Hinsicht kann Amerika uns zertreten), nicht auf das Technische (wir wissen, in dieser Hinsicht können wir von Amerika lernen), sondern immer auf das sogenannt Kulturelle.

Wie verhält es sich damit?

Man könnte, um die übliche Geringschätzung des kulturellen Amerika zu widerlegen, allerlei ins Treffen führen: die amerikanischen Bibliotheken, die nicht bloß großartig sind, sondern auch benutzt werden; die amerikanischen Museen, die es an Lebendigkeit mit den unseren aufnehmen; die amerikanische Literatur, die sich augenblicklich ja wohl mit der unseren messen kann; die wissenschaftliche Forschung; die Pflege der Musik, die nicht bloß in New York zu finden ist, vor allem aber die persönlichen Begegnungen mit amerikanischen Menschen, die unsereinen, nur weil man von Europa kommt, wie einen Athener empfangen, und dabei sind sie selbst die Athener; jedenfalls mir ging es so ... Und doch schiene es mir verkehrt, wollte man die europäische Arroganz, betreffend das sogenannte Kulturelle, in dieser Art widerlegen. Die Unbildung des durchschnittlichen Amerikaners, Anlaß zu zahllosen Witzen, womit der Europäer sich selber schmeichelt, ist nicht zu leugnen. Die kulturelle Schicht ist sehr dünn, wie überall; was Amerika von unseren Ländern unterscheidet: es hat kein Bildungsspießertum. Was ausfällt, ist der kulturelle Mittelstand, der bei uns beherrschend ist, und neben überragenden Köpfen trifft man immer wieder ein verblüffendes Ausmaß von Unwissenheit.

Europäische Lehrer und selbst solche, die Amerika wirklich lieben, seufzen immer wieder über den Mangel an »background«, an Voraussetzungen. Selbst wenn wir uns zu der Entdeckung bequemen, daß Europa nicht die Welt ist, das heißt, daß andere Kontinente eben eine andere Geschichte haben, andere Heroen, andere Mythen, selbst unter diesem Gesichtspunkt erscheint der durchschnittliche Amerikaner ungebildeter als der durchschnittliche Europäer, oder besser gesagt: bildungsloser. Er ist auch weniger verbildet. Die Ahnungslosigkeit gegenüber der Kunst ist oft grotesk, aber frei von Snobismus; man zuckt die Achseln, wo der Europäer von entsprechender Ahnungslosigkeit nicht verlegen ist, sich mit kunsthistorischen Kenntnissen zu tarnen, die nichts mit dem Gegenstand zu tun haben, und Urteile von sich zu geben, die nicht seine eigenen sind. Im Vergleich dazu ist die Unbefangenheit, womit ein Amerikaner sich vor einem Shakespeare oder einem Strawinsky zu langweilen vermag, eher erfrischend ... Wie gesagt, unsere Arroganz bezieht sich auf das Kulturelle in diesem üblichen, sehr engen und höchst fragwürdigen Sinn, wonach sich die Kultur eines Landes platterdings nach der musikalischen, literarischen und philosophischen Ausstattung seiner Durchschnittsbürger bemißt: als wäre ein Werk wie die amerikanische Verfassung (wohl die beste der Welt, wenn sie realisiert würde) keine kulturelle Leistung.

Einmal mehr fragt es sich, was wir unter Kultur verstehen.

Für den Europäer, glaube ich, wäre es vorteilhaft, wenn er, wo immer Amerika ihn befremdet und zu Geringschätzung reizt, eine ganz einfache Vorstellung wiederholen würde, gleichsam als Exercitium, nämlich die schlichte Vorstellung, wie die Pioniere gegen Westen ziehen. Man kennt es ungefähr aus Büchern, Bildern, Filmen. Im Lande selbst, je westlicher wir kommen, spüren wir immer deutlicher, wie diese

Vergangenheit noch vorhanden ist, bestimmend ist, diese Zeit der Pioniere, die den amerikanischen Kontinent erschlossen haben, gerodet, bewässert, mit Straßen versehen, mit Bahnen, mit Brücken, mit Stauseen, mit Industrie jeder Art. Ganz abgesehen davon, daß wir zur Zeit von dieser zivilisatorischen Leistung leben, hilft uns das bloße Bild eines Pionierzuges manches anders zu verstehen, anders zu werten, was von der europäischen Kultur her, gleichsam aus der Stube heraus, unbegreiflich erscheint, oft geradezu albern ... Zum Beispiel: Sie und ich, beide als Pioniere, kommen in ein menschenloses Tal in Arizona, wo wir uns niederlassen; und nach zwanzig Jahren haben Sie eine Farm errichtet mit großen Ernten, mit hundert Pferden, mit zweihundert Rindern, ich dagegen habe sieben Ziegen, eine lotterige Hütte; Reichtum als Gradmesser der Leistung, hier hat es seinen legitimen Sinn, seinen anschaulichen Ursprung, was uns am heutigen Amerika oft genug anekelt: der Dollar als Maßstab aller Dinge, der Mensch gilt soviel, wie er verdient. Der übliche Schluß, den der Europäer daraus zieht, stimmt nicht ohne weiteres, nämlich die These, der Amerikaner sei »materialistisch«. Verstehen wir dieses Wort in dem Sinn, daß der Mensch sich von materiellem Besitz nicht trennen kann und dadurch unfrei ist, so ist die Schweiz (beispielsweise) sehr viel »materialistischer« als Amerika. Der Dollar als Maßstab aller Dinge, gewiß, es ist oft zum Verzagen; zumal wir eben nicht mehr unter Pionieren leben, sondern in einer Gesellschaft, wo das Geld durchaus nicht ohne weiteres mit der Leistung zusammenhängt, so daß die Denkart des durchschnittlichen Amerikaners – He is two hundred Dollar a week! eine Denkart, die übrigens nicht nur aus dem Pioniertum, sondern auch aus dem protestantischen und puritanischen Geist abzuleiten wäre – heutzutage ein schauerlicher Anachronismus ist, peinlich und lächerlich, gewiß, nur haben wir uns zu hüten vor falschen Ausdeutungen, die lediglich unsere Arroganz fördern. Wie sie einem unbekannten Fremden gerade ihre materiellen Heiligtümer, sei es ihr Wagen oder ihr Haus auf dem Land, zur Verfügung stellen, wie sie das Eigentum, das man in unseren Ländern hütet, zur Benutzung anbieten, wird jeder Amerikafahrer oft genug erleben, um zu merken, daß etwas mit unserem Vorurteil nicht stimmt. Ich behaupte nicht, daß die Amerikaner gütiger sind; aber es ist paradox: auch dort, wo der Dollar noch das Maß aller Dinge ist, hängen sie nicht an dem materiellen Eigentum, das sie mit dem Dollar kaufen; man darf durchaus sagen: Der Dollar ist für sie etwas Geistigeres als für uns, ja, es kann sogar eine ganz naive Frömmigkeit dahinter sein, die unsere Fähigkeit, Dollar zu machen, als ein Zeichen betrachtet, daß Gottes Segen über uns ist ...

Etwas anderes, wo uns die Vorstellung eines Pionierzugs behilflich sein kann, ist das Verhältnis zur Kunst, das uns oft genug abstößt. Kunst als »entertainment«, Unterhaltung, Zerstreuung. Das ist der Dudelsack am Feierabend, wenn die wackeren Pioniere vor ihren Karren hocken, oder die Gitarre; das Ereignis des Tages ist ein ganz anderes: das Schlagen einer Brücke, damit man weiterkommt, und die Sorge ist nicht, wie der Mensch durch die Kunst (durch den Dudelsack) zur Begegnung mit dem Vollkommenen gelange, sondern wie und wo man eine Weide findet für die Rinder, bevor sie sterben. Das ist die lapidare Situation der Pioniere; die Übermacht der vitalen Bedürfnisse; in dieser Situation kann es keine Kunst geben, nur »entertainment«. Erst müssen die Steppen durchwandert, die Länder gefunden und die Städte errichtet werden, bevor man Theater spielt. Heute noch, wo diese Städte lange schon stehen, spukt es als Reminiszenz im durchschnittlichen Amerikaner, indem er es unter seiner Männerwürde hält, Musik oder Literatur so ernstzunehmen;

Frauensachen! (Ähnlich denken ja auch bei uns die Bauern.) Auch hier, wie im Verhältnis zum Dollar, findet sich der durchschnittliche Amerikaner in einer anachronistischen Haltung; er ist kein Pionier mehr, die Brücken sind erstellt, die Straßen vollendet, die Flugzeuge fliegen und stürzen nur ausnahmsweise ab; das nächste wird sein: die Eroberung der Muße – die meisten Amerikaner kennen erst die Langeweile . . . Die Krise, die geistig-seelische, ist bei den Wachen schon längst im Gange; es ist die Revision einer Haltung, die der Phase des Pioniertums entsprochen hat und großartig gewesen ist; die Konservativen, die jetzt an der Macht sind, hoffen zwar (und mit ihnen offenkundig die Übermacht der durchschnittlichen Amerikaner), daß ihnen die nächste Phase der Kultur erspart bleibe, indem sie Alte Garde spielen –.

Ich wollte nicht über Amerika reden, sondern über unser Verhältnis zu Amerika. Mit viel Recht hat man es als ein Vater-Sohn-Verhältnis dargestellt – wobei der Sohn schon ziemlich stämmig ist und dennoch einiger Erziehung bedarf, der Vater anderseits sich hüten muß, senil zu werden, borniert und unausstehlich. Die Zahl der amerikanischen Söhne, die es einfach satt haben, von dem alten Europa-Papa, den sie füttern müssen, im Geistigen begönnert zu werden, ist gewaltig, ihr Unwille für niemanden von Vorteil. (Wie sehr es insbesondere die deutsche Emigration ist, die jüdische wie die nichtjüdische, die, indem sich ihr berechtigtes Heimweh in eine unberechtigte Arroganz verwandelt, das Verhältnis zwischen Europa und Amerika belastet, wäre eine Geschichte für sich; zuweilen versteht man die Amerikaner, die von Europa nichts mehr wissen wollen.) Andere wiederum, und auch das gehört zum Vater-Sohn-Verhältnis, erwarten von Europa das Unmögliche, kopieren Europa, ohne die Voraussetzungen zu besitzen, die Europa gemacht haben,

und leben in Angst vor dem Vater, in einem Minderwertigkeitsgefühl, oder, besser gesagt: in einem Parvenügefühl.
Wie manchen Amerikaner bedrückt es, daß sein Land keine
echten Schlösser hat, keine echte Gotik, keine echte Antike –
denn die Maya, die Chimu, die Inka sind ja die Antike der
Indianer, die man ausgerottet hat, nicht eine eigene Antike! –
und wie amerikanisch (im bedenklichen Sinn) ist das Heimweh nach Historie, dem wir verdanken, daß amerikanische
Bankiers heute noch klassizistische Säulen bauen, daß amerikanische Universitäten (nach dem Zweiten Weltkrieg er-
baut) sich in Gotik oder italienische Romantik kostümieren;
es ist schauerlich. Und sobald sie vor der Technik stehen, wo
das alte Europa keine Muster liefert, finden sie ihre eigene
Haltung, amerikanisch im überzeugenden Sinn; man denke
an die Straßen, die Brücken, die Architektur der Industrie.
Nennen wir es kurz das Zivilisatorische, worin Amerika sich
manifestiert, und bei aller geziemenden Vorsicht mit histori-
schen Vergleichen ist man doch zu sagen versucht, was wohl
schon öfters gesagt worden ist: Die Amerikaner sind für das
alte Europa, was die Römer gewesen sind für das alte Athen,
die Kolonie, die zur Weltmacht wird. Auch Rom war ja groß
im Zivilisatorischen, im Bau von Straßen und Aquädukten,
Griechenland aber noch immer wichtig, als es lange schon
machtlos war, wichtig in seinen geistigen Beständen, auch
wenn sie sich verwandelten. Sicher war es für die Griechen
fast unmöglich, so etwas wie eine römische Kultur zu sehen
und anzuerkennen. Dennoch gab es sie. Daß unser altes Europa gerade in diesem Sinn nach wie vor wichtig ist, erlebte
ich am unmittelbarsten im Gespräch mit Studenten: vielen
ist die Begegnung mit Europa (als Soldaten) das große Bil-
dungserlebnis geworden, Begegnung mit einer anderen Lebensart, einer reicheren, die sie fasziniert; doch im selben
Kreis saß ein andrer, der sein gleichermaßen bestimmendes

Erlebnis durch Japan hat, Begegnung mit dem alten Osten. – Die Erde fängt an, rund zu werden auch im Erlebnis der Menschen, nicht bloß in der Kenntnis! Die Franzosen sind heute noch weltbürgerlich, scheint mir, unter der strikten Bedingung, daß die Welt sich um Paris drehe, was der Welt nicht mehr gelingt; die Deutschen sind weltsüchtig wenigstens mit einer von den beiden Seelen, die sie sich zubilligen, weltsüchtig mit der Hoffnung, daß das deutsche Wesen an der eroberten Welt genese; die Briten sind weltschlau wie die Amerikaner es noch lange nicht sind, und die Schweizer (um auch uns zu nennen) sind weltoffen nach der Art von Parasiten, die bieder-geschäftlich davon leben, daß sie die Welt nicht regieren müssen; die Juden wiederum sind weltläufig in ihrer besonderen Art, in einem Erwähltsein beheimatet, das kein Land ausschließt, wenn es sie nicht ausschließt – und so weiter … Der Typus des globalen Menschen aber wird erst geboren, und zwar, wie mich dünkt, vor allem in Amerika, das, wie gesagt, nicht ein Land ist, sondern ein Kontinent, nicht von einem Volk bewohnt, sondern von einer Völkerwanderung. Und daß dieser Typus des globalen Menschen sich weigern wird, Europa als die geistige Weltmitte zu betrachten, ist kein Grund für den Europäer, arrogant zu werden; kein Grund, den Mut zu verlieren. Europa ist wichtig, aber es ist nicht die Menschheit, nicht »die Kultur«.

(1953)

Begegnung mit Negern
Eindrücke aus Amerika

Mein erster Traum auf amerikanischem Boden, ich erinnere mich genau, handelte nicht von Wolkenkratzern, nicht von Schiffen und Brücken, nicht von den wachen Sensationen meiner ersten Wanderung durch Manhatten, sondern von einem Neger, der eine hölzerne und seltsam spielzeughafte Maschine zu bedienen hatte, eine Art von Bagger, der seinen verrunzelten Schädel immerzu mit weißem Kalk überschüttete, und zwar konnte die lächerliche Maschine nicht anders bedient werden als so, daß sie dem Neger immerzu die Hände zerquetschte, er wimmerte denn auch wie ein Tier oder ein Kind, ohne Hilfe zu erhoffen, blies hastig auf seine blutenden Pfoten, hastig und gewissermaßen verstohlen, denn er mußte weitermachen, man erläuterte mir die Maschine ohne jeden Hinweis auf den Neger, der von Kalk überstäubt war, unscheinbar und stumm und ohne jede Empörung ... Heute, nach einem Jahr in Amerika, geht es mir so, daß ich die Neger nicht eigentlich vermisse, doch fällt es mir allenthalben auf, daß sie fehlen, oder vielleicht vermisse ich sie wirklich, doch ist es schwer zu sagen warum.

Neger zu sehen, wenn sie tanzen – nicht bloß beim ersten –, auch noch beim zehntenmal stehen wir wie gelähmt vor Staunen, selig und traurig im gleichen Maß; das Gefühl, ausgestoßen zu sein aus einem Paradies, aber Nähe dieses Paradieses sehen zu dürfen, die Faszination von einer schmerzhaften Freude, einer Freude an der menschlichen Kreatur, schmerzhaft, weil, von spärlichen Ausnahmen abgesehen, uns eine solche Kongruenz mit sich selbst nie wieder möglich sein wird, das war für mich wenigstens der Kern des immer wiederholten Erlebnisses, Neger zu sehen, wenn sie tanzen. Ich meine nicht Tänzer auf der Bühne, sondern einen Saal voll Burschen und Mädchen, die tagsüber einen Lift bedienen, Schuhe putzen, Zeitungen vertragen oder einen Autobus führen, jedenfalls keine Künstler, und doch ist es nicht anders zu nennen, wenn sie tanzen, als Kunst. Hier nämlich, im Gegensatz zum üblichen Tanz der Weißen, wird nicht getanzt, um sich aneinanderschmiegen zu dürfen; sie tanzen, um etwas darzustellen. Ihre Bewegungen sind nicht Ersatz, sondern Ausdruck. Einander umkreisend, ohne sich anzurühren, werben und kämpfen die beiden Geschlechter, Mann und Weib. Das Mädchen kreiselt um die eigene Achse, ein weißer Mund voll tonlosem Lachen, zwei Füße voll Improvisation; der Mann, ohne das Mädchen anzublicken, strahlt ebenfalls ins Leere, während seine Hosenbeine flattern, er steppt oder klatscht mit den Händen, und beide haben jenes Beziehungslos-Zerstreute von spielenden Kindern, die nur den Ball sehen, nicht den Partner. Eros als Ekstase zweier Einsamkeiten; plötzlich springt der Funke über, er faßt sie blitzhaft, und das Mädchen, nur von seiner flachen Hand getragen, läßt sich in großem Schwung rücklings fast auf das Parkett; dann hebt er sie empor, daß ihr Kopf fast an die Saaldecke kommt, ihr Arm macht dazu eine triumphale Gebärde, triumphal aus purer Freude, ein Geschöpf zu sein, ein Zimmermädchen und Negerin dazu, ja, aber die Gebärde hat eine natürliche und von einer Schauspielerin kaum wiederholbare Grazie körperlichen Selbstbewußtseins, daß es ein Jubel ist, eine Fanfare ohne Ton, eine Geste, die königlich ist. Der Unterschied zum Tanz der Weißen, deren Gewoge im Dämmerschummerschein oft genug wie eine Massenpaarung aussieht, ist aber nicht bloß ein Unterschied der Temperamente, sondern ein wesentlicher; hier bei den Negern, wie gesagt, ist Tanzen nicht ein schwüles Surrogat für verhinderte Paarung, sondern eine Zeremonie, die sich selbst genug ist, eine Stilisierung, alles ist zum lauteren Spiel erhöht, ein tänzerisches Loblied auf die Erschaffung der Geschlechter, kultisch wie weniges in einer modernen Großstadt. Kaum verstummt die Musik, trennen sich die Paare völlig unpersönlich; meistens wird das Mädchen kaum zum Tischlein begleitet; beiden ging es nicht um eine private Annäherung, sondern um Tanz, der denn auch, wo er einem Paar besonders gelingt, nicht selten eine begeisterte Zuschauerschaft versammelt, einen Ring von Begeisterten mit klatschenden Händen, um die Ekstase zu immer wilderen, dabei immer präzisen Rhythmen zu steigern; dem Tänzer schwindelt es schon, das Mädchen tanzt eine Weile allein, ein anderer springt in den Kreis, um sie an den Fingern zu fassen, zu drehen, bis sie in einer Weise außer sich ist, die doch der Grazie nicht entbehrt, ja, eine Verzücktheit ausstrahlt, die dem Geschöpf etwas Erleuchtetes gibt, und jetzt ist es fast still, die Jazzband spielt ohne Klang, nur eine Trommel vibriert, ein dritter Tänzer wird verbraucht, ein vierter, das junge Weib ist nicht erschöpft. Umjubelt wie eine Spenderin oder Siegerin, lachend mit ihrem ganzen weißen Gebiß, unbefangen wie ein Kind, ein glückliches, das auf dem Karussell hat fahren dürfen und noch voll Seligkeit ist, geht die junge Negerin zwischen unseren Tischlein hinaus, um ihren Puder nachzutupfen. Kaum je in diesem Lokal, das ich stets wieder besuchte, habe ich einen betrunkenen Menschen gesehen; sie haben es, wenn sie tanzen können, nicht nötig.

Harlem – ursprünglich, wie der niederländische Name schon sagt, ein Bezirk der Weißen – ist das größte Neger-Ghetto in Amerika, von den meisten amerikanischen Weißen nie betreten, obschon es nicht nur ein Stadtteil von New York ist, sondern sogar noch auf dem Eiland von Manhattan liegt. Übrigens wächst es Straße um Straße gegen Manhattan hinunter; ich wohnte zwar bei Weißen, doch auf der andern Straße (vor meinem Fenster) wimmelte es nur von Negern. Die Angst, nach Harlem zu gehen, ist fast allgemein gerüchthaft. In der Tat sehen wir tagsüber, wenn man sich in die Nebenstraßen begibt, ein so trübes Elend, ein Gewimmel von verwahrlosten Kindern, ein so dschungelhaftes Leben in überfüllten Kellern, daß vereinzelte Schüsse, die man nachts von der großen Avenue aus hören mag, nicht verwundern. Auf der Avenue selbst, unter dem Glimmer großstädtischer Lichter, habe ich nie eine Belästigung erfahren, obschon der einzige Weiße weit und breit, dagegen viel freundliche Auskunft, freundlich im Sinn der Neger, die lieber etwas Verkehrtes sagen als überhaupt nichts (was nicht aus böser Tükke, sondern aus der Dienstfertigkeit eines verängstigten Menschen oder auch aus kindlichem Stolz, Bescheid zu wissen, nicht zuletzt vielleicht auch aus dem Bedürfnis, einen Weißen durch freundliche Hilfe zu beschämen) und trotzdem, ich leugne es nicht, geht man etwas rascher als sonst. Auch wenn man weiß, daß einem Weißen nichts geschieht – hinter mir, von ihnen her erlebt, steht ja die Industrie, die Armee, die Banken, kurzum, die Justiz – und wenn man sich obendrein sagen kann, man habe noch nie einen Neger geschunden, hier wäre es Ahnungslosigkeit, sich nicht zu fürchten, Dünkel auf unsere persönliche Unschuld.

Wovor? fragt man sich; wovor die Angst?

Ich kann nur sagen: wenn ich als einziger Weißer, zum Beispiel, im Gedränge eines kleinen Foyers stehe, spüre ich, daß ich mich einer unwillkürlichen Courtoisie bewußtermaßen enthalten muß; wenn ich einer Negerdame das eben verlorene Taschentüchlein aufhöbe – es würde nicht geschossen, nein, nur mit Blicken; es würde als reziproke Arroganz empfunden, als herrenhafte Herablassung. Es sind ja kaum drei

Generationen her, seit der weiße Herr, ohne zu fragen, seine Sklavinnen nahm.

Lebhaft begleitet mich eine kleine Reminiszenz aus Berlin, Herbst 1947: Ein amerikanischer Major weigert sich, im selben Abteil zu schlafen mit einem Neger, der ebenfalls die amerikanische Uniform trägt. Der deutsche Schaffner, ein Schwabe, soll dafür sorgen, daß der Neger, ein Sergeant, anderswo verstaut wird. Der Schaffner nickt, wie wenn man sagt: Verstehe, verstehe vollkommen, darüber müssen wir ja nicht reden! Dann pirscht er durch den Korridor: mit einem augenzwinkernden Grinsen zu mir, dem Zivilisten. Der junge Neger steckt sich eine Zigarette an, bis der schwäbelnde Schaffner zurückkommt, seinem Besieger mitteilt, wo er schlafen dürfe. Ohne den Schaffner anzusehen, der die Nummer wiederholt, bleibt der Neger im Korridor stehen, raucht weiter, blickt in die schwarze Nacht hinter der verregneten Fensterscheibe ...

Es ist nicht ganz leicht, mit Negern wirklich in Kontakt zu kommen, wenn auch ihr Mißtrauen gegen den Weißen, als solches begreiflich genug, sich nicht in schroffer Abwendung äußert, eher in einer Art freundlicher Tarnung, in Scheu. Sie bleiben gerne auf eine leutselige Art verschlossen. In der University of Colorado lernte ich einen Negerstudenten kennen, der mir, als wäre ich ein Spion, auf eben diese leutselig-harmlos-lachende Art versicherte, er fühle sich wohl und glücklich, obzwar er »natürlich« in vielen Bruderschaften nicht zugelassen ist, obzwar er sich hüten muß, ein weißes Mädchen zu lieben (und eine Negerstudentin gibt es in der ganzen Universität nicht), glücklich und wohl, von allen geschätzt als das große As in der athletischen Universitätsmannschaft, die ihm ihre Siege verdankt. Sohn eines Arbeiters in Chicago, mittellos, studiert er auf Grund der sogenannten GI-Bill, die jedem Kriegsveteranen eine vierjährige akademische Ausbildung schenkt, und insofern empfindet er auch eine ehrliche Dankbarkeit, ist sich freilich bewußt, einer der sogenannten Ausstellungsneger zu sein; ihrer vier oder fünf (unter einigen tausend Weißen) wandeln in dem herrlichen Park umher, um zu zeigen, daß die Gleichberechtigung und alle anderen demokratischen Idole verwirklicht sind. An einem Sonntag wanderten wir zusammen in die ersten roten Felsen der Rocky Mountains empor, Blick auf die grüne Ebene hinaus, auf ein Meer von Land; unter einer Tanne sitzend und rauchend, ab und zu von einem übergroßen Schmetterling umflattert, plauderte er schon etwas offener: Liebe und Verehrung für Roosevelt, aber von den lebenden Herren der Welt ist es nur noch Stalin, dem er glaubt. Und von den Amerikanern? Paul Robeson, Führer der revolutionären Neger. Evolution, wie sie unter Roosevelt tatsächlich vorhanden gewesen ist, hält er nur noch für einen Terminus der Ausrede, daß man alles lassen kann, wie es ist. Meine Frage, ob er sich mit den afrikanischen Negern solidarisch fühle, beantwortete er mit dem raschen, jeden Zweifel verwehrenden Ja der Ideologie – ohne allerdings, wie er zugab, afrikanische Neger zu kennen.

Hiezu erfuhr ich einige Monate später: Paul Robeson, der wie überhaupt die intellektuelle Schicht der amerikanischen Neger bewußtermaßen die afrikanische Herkunft betont, erzählte einer Negerin, die es wiederum mir erzählte, seine Enttäuschung in Afrika: nämlich den afrikanischen Negern fällt es nicht ein, sich solidarisch zu empfinden mit den amerikanischen, die, wie sie Robeson erklärten, »durch Sklaverei degeneriert und infolge Mischung mit den Weißen nicht würdig sind, Neger zu heißen«.

Afrika. – Ich erinnere mich an einen Abend an der Lenox Avenue, also in New York, wir suchten die Messe einer bestimmten Sekte; die biblischen Sprüche an den Scheiben der ersten Etage (darunter war eine Garage) ließen auf eine Kirche schließen, doch kam ein Geschrei wie aus dem Urwald, ein Geheul, wie man sich ein Tischgebet von Menschenfressern vorstellt, ein Gekreisch von hundert überschnappenden Stimmen, ohrenbetäubend, wild und tierisch wie an einer Börse. Oben an der Treppe jedoch stand ein freundlicher, in seinem schwarzen Rock schwitzender Diener des Christentums, das uns alle, wie er beim Aushändigen eines Zettelchens erwähnte, erlösen wird, und schon waren wir in dem öden, lagerschuppenhaften, im Augenblick wieder stilleren, nur teilweise gefüllten Saal, wo die Frauen und Mädchen (es waren fast nur Frauen und Mädchen) eine weiße Haube trugen, dazu ein weißes Überhemd, das offenbar zur Zeremonie unerläßlich war, halb Labormantel und halb Mummenschanz. Um so schwärzer erschienen Gesicht und Hände. Alles wirkte etwas kindergartenhaft, oder sagen wir: etwas zwischen Kochschule und Femegericht. Auf einem Podium saß Mutter Erde, persönlicher als ich sie je gesehen habe, eine unsäglich dicke Matrone ebenfalls mit weißem Häubchen und Hemd, die schwarzen Hände auf den Armlehnen. Alles redete durcheinander, ein junger Neger predigte mit Inbrunst und ohne jedes Echo, nur die Mutter Erde nickte bisweilen, wenn der Rhythmus es verlangte, oder rief laut: »So sei es«! und hatte zugleich eine Unterredung nach der andern Seite hin. Plötzlich, ohne erkennbaren Anlaß, ging es wieder los – nämlich: wir sind bei den sogenannten »shakers«, jener Sekte, wo man durch rhythmisches Hüpfen und Hopsen sich in Trance schüttelt, bis Jesus Christus aus ihren Mündern redet, und dann, wie gesagt, schreit es wie an einer Börse. Eine Alte fuchtelt hexenhaft mit ihren schwarzen Armen, mit verrutschtem Häubchen, laut verkündend, wie Jesus zu ihr gekommen ist; niemand hört zu. Jede hopst in ihrer Weise. Ein junges Mädchen rennt wie in einem brennenden Haus umher, kreischend zu Gott, Schaum in den Mundwinkeln. Irgendwo in einer leeren Ecke hopst eine andere, der die Stimme nicht ausbricht, hopst sich bis zum stummen Kollaps. All dies ist von Jazz begleitet. Endlich liegen alle in den Bänken, röchelnd vor Verzückung, lallend, eine erhebt sich noch einmal zu einem flackernden Tanz zwischen den Stühlen, erlischt, indem sie sich wie eine taumelnde Trinkerin an die Wand lehnt ...

Afrika verebbt.

Jetzt hat die Bibel das Wort, sogar mehr als Wort. Der Prediger zieht eine Flasche aus dem Rock: Wasser! Gabe Gottes. Ohne Wasser kein Leben. Und die nächste Predigerin: Salz: Ohne Salz kein Brot. Und dann: Mehl, Zucker, Rosinen. Lauter Gaben Gottes; sie stehen nun auf der Kanzel wie zu einem Kochkurs. So nämlich wie es alle diese guten Dinge braucht, um einen guten Kuchen zu backen, also auch brauchen wir, um gute Menschen zu werden, Glauben und Demut und Liebe; dazu macht der Prediger immerfort die suggestive Geste, wie man Teig rührt, eine Pantomime wahrer Kochlust. Für die Zuhörer, die ein zustimmendes Lachen nicht scheuen, sind Flasche, Mehl und Zucker (alles in der ladenüblichen Verpackung) durchaus keine Chiffern der Allegorie; Zeichen und Sinn erleben sie in völliger Kongruenz, scheint es, wie bei uns nur noch das Kind.

Das Phänomen, das wir Slum nennen, ist kaum zu beschreiben, seine Trostlosigkeit nicht eigentlich sichtbar. Am meisten kenne ich den Negerslum in Cleveland, Ohio. Straßenzüge wie auch sonst in Amerika, Häuschen aus Holz, die meisten mit einer Loggia, ein ehemals bürgerliches Quartier; nur daß es jetzt verlottert und übervölkert ist. Alle Farbe blatert, alles Eisen rostet, und das Holz wird schwärzlich vom Ruß; im Hintergrund ragen die Schlote der großen Industrie. Am Sonntag, wie in einer Gefechtspause, sitzen die Neger auf den hölzernen, meistens morschen Treppen, schwarz wie der Schatten, nur der Strohhut und das Gebiß blenden weiß aus dem Dunkeln. Die Straße ist voll Zeitungen, Fetzen, die schiefen und krummen Telephonstangen mit ihrem schlaffen Gehänge von Kabeln, das Budenhafte, das Kehrichthafte, das niemand entfernt, weil die Arbeit nichts einbringt und jedermann eine Arbeit suchen muß, die etwas einbringt, die unbesiegliche Vorherrschaft des Abfalls, der tägliche Anblick von Unrat, von alten Pneus oder Scherben, das Unkraut als einziger Bote der Natur, der fast vollkommene Mangel an Schaufenstern, wo etwas Ganzes und Hübsches wenigstens zu sehen wäre, das Verrotzte und Morsche und Verschlissene jedes Gegenstands, all das gehört zu einem Negerslum, ist aber noch nicht das Eigentliche, das uns selbst bei hellichter Sonne durchaus gespenstisch anmutet. Was ist es? Man spürt es mehr, als man es sieht, etwas Auswegloses; nicht die Verlotterung, sondern die Gewißheit, daß sie nicht aufzuhalten ist. Touristen sagen oft, das ist die Schuld der Neger, sie sind halt faul, gleichgültig, schmutzig. Dazu muß man wissen: die Häuser gehören meistens den Weißen, und dieser Weiße muß nicht einmal ein böser Ausbeuter sein, er kann in diese Häuser nichts mehr investieren, da das Quartier, einmal von Negern bewohnt, dermaßen entwertet ist, daß er es nie an einen Weißen verkaufen kann. Die allermeisten Neger, von den einträglicheren Berufen ausgeschlossen, verdienen zu wenig, um es dem weißen Eigentümer abkaufen zu können. Also verlottert es ihnen über dem Kopf, und wer diese Verlotterung nicht glaubt ertragen zu können, was soll er tun? Als Neger kann er nicht anderswohin; es ist ja ein Ghetto – er hat die Miete zu zahlen, die man von ihm verlangt, und sich an die Verlotterung zu gewöhnen, bis er selber glaubt, daß er die Verlotterung ist; bis er seine schmutzige Minderwertigkeit für ein bares Schicksal hält.

Das ist die Teufelei des Slums.

Dabei, in bezug auf die schmutzige Minderwertigkeit, die er dem Neger zuspricht, scheut sich der Weiße doch nicht, Neger anzustellen, um seine Teller zu waschen, seine Speisen aufzutragen, seine Zimmer zu putzen usw.

In San Francisco lebte ich einige Monate in einem Quartier, das früher von Japanern bewohnt war; nach Pearl Harbour mußten die Japaner die pazifische Küste verlassen, und herein kamen die Neger, die eben damals aus dem Süden erschienen, um in den Werften für den Krieg zu arbeiten. Heute sind es etwa dreißigtausend Neger, die nicht wieder in den Süden zurück wollen, nachdem sie in der Rüstungsindustrie genug verdient hatten, um sich dieses Quartier käuflich zu erobern. In diesem Quartier also stand mein kleines Schindelhaus, eine Märchenhütte inmitten eines dornröschenhaften Gärtleins, wie es sich bloß ein Weißer gestatten mag; mein Nachbar dagegen, ein Neger, pflegte sein Gärtlein wie ein Miniatur-Versailles. Und das Haus, sein Eigentum, war weiß wie ein Hemd am Sonntag. In aller Herrgottsfrühe, bevor er in seine Fabrik ging, hörte ich ihn schon hacken, wischen oder nageln, und am Abend spülte er mit dem Schlauch die roten Stufen vor seinem Heim, wischte jedesmal auch noch das Trottoir. Hallo Jack! und Hallo Max! war unsere nachbarliche Begrüßung; viel mehr redeten wir nie, indem ich wieder eine gewisse Scheu hatte, leutselig zu sein. Einmal an einem heißen Sonntag gab es eine Garten-Party, Versammlung einer ganzen Sippe, die ich, selbst unauffällig, von meinem Schreibtisch aus sehen konnte. Die Männer in korrektem Dunkel; die Damen dagegen, wie so oft bei

Negerinnen, erschienen ins Großartige überkleidet, Décolletés und rauschende Abendkleider aus billiger Kunstseide, dazu bunt wie eine exotische Voliere. Eine große Schale voll rosaroter Bowle, Jugendstil, eine Geburtstagstorte, die mit einem Regenschirm beschattet werden mußte, waren umringt von Negerkindern mit ihren rollenden Augen, während die Mütter und Väter einander stundenlang begrüßten, ehe sie sich mit verschränkten Beinen auf einen Kreis von Sesselchen setzten, um sich in Konversation zu langweilen. Es war in rassischer wie in sozialer Hinsicht eine sehr vermischte Sippe; einzelne waren Schwarze wie in unseren Kinderbüchern, dazwischen Mulattinnen, die das Negroide kaum als Farbe, wohl aber als Plastik des Gesichts und am offenkundigsten in der Bewegung bewahren, in der Art etwa, wie sie mit dem ganzen Körper gehen, wie sie nicht eine Hand bewegen, ohne daß die Bewegung aus dem Arm fließt. Neben Männern mit Hornbrille, vermutlich Kaufleute, Herren von Welt, Inhaber einer Garage oder so, standen Arbeiter mit runden Händen wie Boxhandschuhe, etwas peinlich für die Töchter ohne Kruselhaar. Überhaupt fehlte es nicht an mühsamer Unvereinbarkeit, wie sie bei Familienfeiern üblich ist. Trotz stechender Hitze gestatteten sich die Männer keineswegs, die schwarzen Röcke abzulegen. Endlich wurde das Geburtstagskind, ein einjähriges, in weißen Spitzen vor die große und mit süßer Stukkatur verzierte, von dem schwarzen Regenschirm beschattete Torte gesetzt. Weiter geschah eigentlich nichts – nach unseren Begriffen – das Langweilig-Konventionelle, die bis zur Karikatur treffende Kopie einer weißen Bürgerlichkeit, die von Afrika und von unmittelbarem Leben keine blasse Ahnung hat, das war (glaube ich) für sie gerade das Ereignis; langweiliger und konventioneller geht es auch in einer weißen Familie nicht, das war es, was sie höchlich befriedigte.

Warum gibt es zurzeit kein nennenswertes Negertheater in Amerika? – ausgenommen »Karamu«, eine vortreffliche Institution, aber eine Gründung der Weißen, was diesen paar Weißen zwar zum Lobe gereicht, eine einzigartige Ermunterung für die Neger, ihr eigenes Theater zu machen; aber es ist nicht das Theater der Neger. Dabei findet der amerikanische Neger auf seinem langen Weg zur Gleichberechtigung, der ja die Gleichwertigkeit vorangehen muß, nirgends ein so offenes Tor wie in der Kunst, was hinwiederum noch nicht heißt, daß ein berühmter Neger, auf dem Podium der Kunst bejubelt, nachher ohne weiteres in ein Hotel gelassen oder in einem Restaurant bedient wird. Schon in der Wissenschaft, heißt es, haben sie es schwerer als in der Kunst, in ihrer Leistung anerkannt zu werden; gänzlich verschlossen ist dem Neger (er mag persönlich noch so reich sein) das Gebiet der großen Finanz, der Industrie. Seine vorläufig beste Chance, wie gesagt, hat er als Künstler, und warum nutzt er sie kaum hinsichtlich des Theaters, zumal wir wissen, wieviel die Schauspielkunst von den Negern zu erhoffen hat? Es gibt, obschon es bereits einmal vorhanden war, kein wesentliches Negertheater im heutigen Amerika – ganz einfach: weil sie als Publikum nicht hingehen. Der durchschnittliche Neger will ja nicht Neger sein, ist sich zu gut, um in ein Negertheater zu gehen, sofern er sich das Theater der Weißen leisten kann.

Schade, aber begreiflich.

Ich begegnete einem jungen Negerarzt, der in einer weißen Klinik arbeitete; einem verhaltenen und äußerst sensiblen Mann, der, ohne im allgemeinen davon zu reden, ständig darunter leidet, daß er auf Schritt und Tritt darauf gefaßt sein muß, als Neger unerwünscht zu sein. Zum Beispiel: in einem Hotel, wo es weit und breit kein anderes gibt, sagt man ihm, es gebe keinen Platz mehr; zu müde, um nochmals weiterzufahren, wendet er sich an eine lungernde Figur, einen Burschen, dem er ein Nachtessen verspricht, wenn er in jenes Hotel geht und ein Zimmer bestellt auf den Namen des Doktors. Natürlich bekommt der Bursche ohne weiteres ein Zimmer. Als der junge Negerarzt, den bezahlten Zimmerschlüssel in der Hand, in das Hotel geht, wo man ihn eben wegen Platzmangels abgewiesen hatte, gibt es einen Krach. Drohung mit Polizei – nun gibt es ja, das ist wahr, kein amerikanisches Gesetz, das den Neger diskriminiert; die Diskriminierung ist keine legale, nur eine praktische, willkürliche, und das ist für den Menschen, der ihr ausgesetzt ist, der zusätzliche Stachel daran; der Hohn der papiernen Gleichberechtigung, die Fassade von Demokratie, die Heuchelei, daß man nicht zugibt, was man tatsächlich macht, und nicht macht, was man doch wieder als Ideal verherrlicht, der Witz, daß in einem Land, das die freiheitlichste Verfassung der Welt hat, jeder Hotelier auch wieder die seltsame Freiheit hat, eben diese Verfassung aufzuheben, zu sagen: Ich beherberge keinen Neger! – Dabei wollen wir uns mit so heiklen Begriffen wie »Freiheit« und »Gerechtigkeit« gar nicht befassen; es geht hier lediglich darum, an Hand eines möglichst durchschnittlichen und alltäglichen Beispiels anzudeuten, wie schwer es unter diesen Umständen sein muß, Neger zu sein, ohne die weiße Haut zu verfluchen oder die eigene Haut zu verleugnen.

(Und beides erlöst nichts.)

Die Vereinigten Staaten von Amerika haben 13 Millionen Neger, das sind beinahe zehn Prozent der gesamten Bevölkerung.

Einzelne finden ihre private Lösung. – Ich kenne eine Wohnung in Manhattan, in Stichworten beschrieben: ein bemaltes Bauernbett aus Salzburg, schätzungsweise 17. Jahrhundert, Barockengel über einem echten Barockspiegel, Meißner Porzellan, ein schwarzer Flügel mit Partituren von Vivaldi und Mozart, Stiche aus dem alten Wien, Schönbrunn, man wähnt sich im aristokratischen Refugium eines europäischen Spätlings, der lieber nichts ißt als etwas von diesen sorgsam erkorenen Schätzen, diesem seinem besitzerischen Anteil an der abendländischen Kultur verkauft. Die Inhaberin ist eine jüngere Negerin, geboren in Chicago, eine große und grazile Dame, Sängerin, die ganz Europa mit Hugo-Wolf-Liedern bereist hat.

»Warum singen Sie nicht in Amerika?«

»Warum!« antwortete sie: »Für die weißen Amerikaner bin ich doch eine Negerin, und die Neger interessieren sich sowieso nicht für ihresgleichen. Ich kann nur in Europa leben.«

Das ist eine Art privater Lösung.

Übrigens sprachen wir einmal auch über Architektur, wobei ich bemerkte, daß wir einander, selbst wenn sie die Bausumme hätte, nie verständigen könnten.

»Oh nein«, sagte sie, »nur nicht modern!«

»Was denn?«

»Stil.«

Die Sehnsucht nach Historie zeigt dann doch, wie amerikanisch auch eine solche Negerin ist. Und wie sehr eine Negerin! Sie wünschte sich, wenn sie bauen könnte, so ein Palästchen wie George Washington es hatte. Nur um sich ihren weißen Unterdrückern gleichwertig zu dünken, bleiben sie (sogar auf diesem intellektuellen Niveau) im Hintertreffen der historisierenden Nachahmung.

In einer kleinen, höchst lesenswerten »Anthology of American Negro Literature«, erschienen in der »Modern Library«,

Random House, New York 1944, heißt es im Vorwort: »Das Problem, wie der Neger im amerikanischen Leben behandelt wird, ist kein regionales Problem, sondern ein nationales, denn davon, wie dieses Problem gelöst wird, hängt Amerikas zukünftige Beziehung zu den andern Nationen ab, zu den emporsteigenden Nationen, deren Menschen eine farbige Haut haben, und das ist die große Mehrzahl der Völker auf dieser Erde. Es ist ein nationales Problem, denn von seiner Lösung hängt das Schicksal der Vereinigten Staaten ab. Es ist ein Problem, das nicht ignoriert, nicht umgangen oder auch nur auf die lange Bank geschoben werden kann. Man muß sich ihm stellen, man muß sich mit ihm befassen, und zwar heute (1943), da Millionen von amerikanischen Negern, Seite an Seite mit Millionen von amerikanischen Weißen, im Kampfe stehen gegen Faschismus und für die Vier Freiheiten.«

Wie steht es heute?

Generell ist zu sagen, daß die vernünftig maßvolle Evolution, wie sie unter Roosevelt erkennbar war, ins Stocken gekommen ist; das Handicap, ganz praktisch, besteht darin, daß es den Kommunisten in der Welt gelungen ist, die Negerfrage mindestens scheinbar zu ihrer Sache zu stempeln, das heißt, daß man jeden, der sich heute für die amerikanischen Neger einsetzt, als Kommunisten verdächtigt (zu Recht oder Unrecht) und ausschaltet – als ließe sich damit, daß man die Neger vernachlässigt, der Kommunismus bekämpfen.

Eines Morgens, wir wohnten in einem billigeren Hotel im unteren Manhattan, fragte mich der Liftdiener, ob ich den Neger, der eben den Lift verlassen, nicht erkannt hätte. Wie sollte ich! Er kennzeichnete ihn als einen ehemals berühmten Sänger, jetzt Kommunisten – also Paul Robeson, der bekannte Führer des revolutionären Flügels. (Die »National

Association for the Advancement of Colored People«, wie man weiß, hat sich von den Kommunisten gänzlich distanziert.) Nach einigen Überlegungen, ob man sich diese Begegnung entgehen lassen sollte oder nicht, bat ich den Portier, mich mit Mr. Robeson verbinden zu wollen. Mit einer Miene, als hätte ich Verbindung mit Beelzebub verlangt, bestritt er, daß ein Mr. Robeson in diesem Hotel wohne, gab aber mit gedämpfter Stimme wenigstens zu, daß der Genannte ein »Office« habe im fünften Stock. Ich fand die Türe offen; Neger und Weiße saßen auf Stühlen, lauschten aufmerksam, und da niemand mich auch nur mit Blicken hinderte, setzte ich mich auf den letzten leeren Stuhl, neugierig, worum es sich hier handelte. Paul Robeson, der an einem kleinen Tischlein saß und sprach, ist ein Neger von der monumentalen Sorte, ernst und ruhevoll im Ton; gescheit, unfanatisch, wenn auch ein Mann, der seinen Weltruhm als Sänger aufgab, um für seine Rassenbrüder zu streiten. Hier also handelte es sich, wie ich nun merkte, um die Planung eines großen Aufmarsches in Washington, Demonstration anläßlich eines Prozesses gegen den Negergelehrten Du-Bois. Es erhob sich nun der eine und andere, Neger und Weiße, beratend, wie das Geld für die Demonstration zu beschaffen sei; jeder von ihnen vertrat eine Organisation, eine Gewerkschaft, eine Kampfgruppe. Nur ich, eine Zigarette rauchend wie die andern, um nicht aufzufallen, hatte niemanden zu vertreten als mich selbst. Leider erwartete man mich unten in der Hotelhalle, so daß ich die geheime Beratung, deren Zuhörer ich plötzlich geworden war, verlassen mußte; zehn Minuten später, ohne auch jetzt befragt zu werden, setzte ich mich wieder auf meinen Stuhl, um ihrem Kriegsrat bis zum Ende beizuwohnen ... Meine amerikanischen Freunde, als ich es ihnen erzählte, wollten es nicht glauben; indessen hatte meine Zulassung einen ganz einfachen Grund: da sie alle, versammelt als Vertreter gleichgesinnter Gruppen, einander persönlich nicht kannten und nur durch die gemeinsame Ideologie kommunizierten, wie hätten sie erkennen sollen, daß ein Außenseiter dabei saß? Ich ging, wie ich gekommen war, Hände in den Hosentaschen, ein Mensch ohne Stimme.

Die Begegnung mit dem amerikanischen Neger, die mich am meisten berührt hat, bleibt aber, so mancherlei Begegnungen auch noch folgten, der erste Besuch eines Gottesdienstes in Ohio – ich habe ihn schon einmal zu schildern versucht. – Es war Sommer, eine fürchterliche Hitze in dem gepferchten Saal, ringsum wedelten die bunten Fächer, Reklamegeschenk eines Coiffeurs, und in einer Sonnengarbe tanzte der Staub, es roch nach Gasolin, nach Schweiß und billigem Parfum. Neben mir saß eine junge Negerin in schwarzer Seide, schön wie eine nubische Prinzessin, auf der andern Seite ein junger Arbeiter, der auf die Predigt horchte wie ein Soldat auf die letzten Nachrichten von der Front, und das klanglose, fast nur als Rhythmus vorhandene Jazz, gespielt auf einem alten Klavier, verstummte jedesmal, wenn der Prediger zu feierlichen Botschaften überging: »Oh ja«, rief er, »wir sind arme Leute, wir arbeiten den ganzen Tag und am Abend haben wir keinen Balkon, aber der Lord wird uns führen in das Gelobte Land, der Lord wird uns erretten vor dem Kommunismus.« Und dann, nach einer Kaskade von sprudelndem Jazz, kam die nächste Kollekte; der Lord brauchte Dollars. Aber der Lord, lächelte der fröhliche Priester, habe Geduld und gebe den Brüdern, die bei der ersten Kollekte zögerten, noch einmal eine Chance. Ich betrachtete den gepuderten Hals einer Mulattin, die noch weißer sein wollte, als der Lord sie erschaffen hatte. Man hatte sich erhoben, um zu beten:

»The Lord judge between me and thee
and the Lord avenge me of thee:
but
mine had shall not be upon thee.«

Zum Schluß, nach drei Stunden, kam endlich durch jene Ne-
bentüre, wo das leidige Gasolin hereinstank, der Chor der
Engel, zwanzig Negerinnen in Weiß, das schwarze Buch unter dem Arm, und zwanzig Neger in Weiß, das schwarze
Buch unter dem Arm. Sie stiegen auf die kahle Bühne. Mit
einem Triumph, als hätte der Lord soeben sämtliche Rassen-
fragen gelöst, setzte es ein, Klavierjazz bester Sorte, dann die
Stimmen: ganz leise zuerst, summend wie ein heißes Sommerfeld, zitternd wie die Hitze über einer Baumwollplanta-
ge, wie aus der Ferne hörte man einen uralten Strom der Kla-
ge, dumpf und monoton wie das Rauschen lehmfarbener
Wellen, ein langsames Anschwellen, das plötzlich alles über-
flutet, ein Tosen, eine Orgie aus Zorn und Jauchzen, eine Ge-
walt des Gesanges, daß man erschrecken konnte, langsam
wieder versinkend, ohne aufzuhören, endlos wie ein Strom,
breit wie der Mississippi, eine junge Männerstimme tönt
noch einmal wie eine grelle Fanfare darüber hinaus, einsam,
laut, selig in Hoffnung, dann bleibt das seltsame Schwirren
wie über einem glühenden Sommerfeld, die Hitze im Saal,
der tanzende Staub in der Sonne, der Geruch von Gasolin,
von Schweiß und Parfum – der Slum ...

»What the Negro wants.«
   Was will der Neger – Langston Hughes, der Negerdichter,
schreibt in der genannten Anthologie:
   1. Wir wollen, daß man uns einen anständigen Lebensun-
terhalt verdienen läßt.
   (Er protestiert dagegen, daß man den Negern nur die

untergeordneten Arbeiten überläßt, Schuheputzen, Straßen-
putzen und so weiter, doch keine Facharbeit, wo durch gute
Leistung mehr als das Minimum zu verdienen ist.)

2. Wir verlangen eine gleichwertige Schule.

(Er protestiert dagegen, daß beispielsweise in einem Staat
des Südens, der sich genau zur Hälfte aus Negern bevölkert,
für die Weißen-Schulen zehnmal soviel ausgegeben wird wie
für die Schwarzen-Schulen.)

3. Wir verlangen ein menschenwürdiges Wohnen.

(Er protestiert dagegen, daß die Neger, verurteilt, in bestimmten Quartieren zu wohnen, der Gnade und Ungnade
ihrer Hausbesitzer ausgeliefert sind und daß in den Neger-
quartieren die öffentliche Kehrichtabfuhr, die Straßenbe-
leuchtung und Kanalisation stets die mißlichste in der ganzen Stadt ist, obschon auch die Neger ihre Steuern zahlen.)

4. Wir verlangen Teilnahme an der Regierung.

(Er protestiert dagegen, daß die Neger im Süden faktisch
kein demokratisches Stimmrecht haben.)

5. Wir verlangen Gleichheit vor dem Gesetz.

(Er protestiert dagegen, daß die Neger nicht das Recht haben, Richter zu wählen, und daß die weiße Polizei sie miß-
handeln darf, ohne daß sie sich dagegen wehren können.)

6. Wir verlangen Höflichkeit.

(Er protestiert dagegen, daß die Neger nicht als Miss, Mi-
stress und Mister angesprochen werden, sondern lediglich
mit ihrem Vornamen: Jim, Mary.)

7. Wir verlangen die Anwendung der amerikanischen Verfassung, so schließt er die Liste seiner Forderungen, und wir
wünschen nichts, was dem Christentum und der Zivilisation
widerspricht.

(1954)

Eine betörende Stadt

Mein Staatsanwalt (seit gestern aus Pontresina zurück) interessiert sich auch nicht für Mexiko, dagegen sehr für Neuyork, wobei er immer wieder in einen durchaus außeramtlichen und familiären Ton verfällt. Er sagt:

»Meine Frau liebte Neuyork ja sehr.«

»So«, sage ich.

»Sie wohnte am Riverside Drive.«

»Ach«, sage ich.

»Sie wissen, wo das ist?«

»Klar«, sage ich.

»Bei der 108. Straße.«

»Ach«, sage ich, »das ist ja bei der Columbia-University –«

»Richtig!« sagt er.

»Sehr schöne Gegend«, sage ich, »mit Blick auf den Hudson, ich weiß –«

Usw.

Anfänglich scheint es, als wolle er mit solchem Geplauder nur prüfen, ob ich Neuyork wirklich kenne, ob ich in Neuyork gelebt habe. Indessen ist diese Prüfung bald bestanden. Times Square und Fifth Avenue, Rockefeller Center, Broadway, Central Park und Battery, das sind so die Punkte, die mein Staatsanwalt selber gesehen hat in seiner Neuyork-Woche vor etwa fünf Jahren.

»Kennen Sie die Rainbow Bar?« fragt er.

Ich nicke, lasse ihn schwärmen, und da ich Männer schätze, die schwärmen können, korrigiere ich ihn nicht; nämlich die Rainbow Bar, wo mein Staatsanwalt einen offenbar unvergeßlichen Abend verlebt hat, ist nicht die höchste Bar in Manhattan, das Empire State Building ist ja höher, aber ich unterbreche nicht. Für meinen Staatsanwalt, merke ich, war es ein Höhepunkt in seinem Leben; in der Rainbow Bar traf er seine Gattin nach jahrelanger Trennung. Dann frage ich meinerseits:

»Kennen Sie auch die Bowery?«

»Wo ist das?« fragt er.

»Third Avenue.«

»Nein.«

Die Bowery, ein ehemals niederländischer Name, ist ein Viertel, wo auch die Polizei nicht mehr hingeht, Gefilde der Verlorenen, dabei inmitten von Manhattan; man geht um die marmorne Ecke eines Gerichtspalastes, in der Tat, und nach hundert Schritten ist man im Gefilde der Verlorenen, der Besoffenen, der Gescheiterten, der Verkommenen jeder Art, der Menschen, die das Leben selbst gerichtet hat. Man braucht nicht einmal ein Gefängnis für sie; wer in der Bowery gelandet ist, kommt nie wieder heraus. Im Sommer liegen sie im Rinnstein und auf dem Pflaster; man muß sich dann bewegen wie ein Springerchen auf dem Schachbrett, um vorwärts zu kommen. Im Winter hocken sie drinnen um die eisernen Asylöfen, dösen, streiten, schnarchen, erzählen ihre immer gleiche Geschichte oder verprügeln einander, und es stinkt nach Fusel, nach Petrol, nach ungewaschenen Füßen. Einmal sah ich eine Gestalt, die ich nie vergessen werde. Es war drei Uhr in der Nacht, als ich von Blacky wie üblich nach Hause ging; es war eine Abkürzung für mich, und um diese Zeit war keiner mehr auf der Straße, dachte ich, zumal nicht bei dieser grimmigen Kälte. Oben dröhnte die veraltete Hochbahn vorbei mit ihren Fenstern voll warmen Lichtes; in der Straße wirbelten die schmutzigen Fetzen, Hunde stöberten umher. Als ich ihn kommen sah, versteckte ich mich hinter einem Eisenpfeiler der Hochbahn. Auf dem Kopf trug er eine schwarze Melone wie Diplomaten, Bräutigame und Gangster; sein Gesicht war blutig. Im übrigen trug er eine

Krawatte, ein weißliches Hemd, eine schwarze Jacke, aber dann war es fertig; sein Unterleib war splitternackt. Seine dünnen und grau-violetten, greisenhaften Beinchen waren noch mit Sockenhaltern und Schuhen versehen. Offenbar war er besoffen. Er schimpfte, fiel, kroch auf dem vereisten Pflaster; ein Auto mit Scheinwerfern raste vorbei, Gott sei Dank ohne ihn anzufahren. Endlich hatte er seine Hose gefunden, versuchte an einer Laterne hochzukommen und in seine schwarze Hose zu steigen, rutschte, lag wieder der Länge nach auf dem vereisten Pflaster. Natürlich erwog ich, ob ich nicht helfen sollte, hatte aber Angst, in irgendeine Sache verwickelt zu werden, was ich mir nicht leisten konnte. Inzwischen war es dem Alten gelungen, wenigstens sein linkes Bein in die Hose zu versenken, ich wünschte ihm das Beste und wollte mich entfernen. Irgendwoher hörte ich Stimmen, ohne Männer zu sehen, Stimmen höhnischen Hasses, der wohl diesem Unglücklichen galt. Ich zog mich sofort wieder in den tarnenden Schatten meines Eisenpfeilers zurück; oben dröhnte die Hochbahn. Bei seinem Versuch, auch das zweite Beinchen in die Hose zu stecken, war er wieder gerutscht, abermals splitternackt blieb er liegen, röchelte. Seine schwarze Melone rollte mit dem Wind. Er wehrte sich nicht einmal, als ein Hund ihn umschnupperte. Ich schlotterte und beschloß, mich von Eisenpfeiler zu Eisenpfeiler zurückzuziehen. Auf der anderen Straßenseite gingen Leute vorbei, die auch nicht halfen. Man weiß halt, was dabei herauskommt! Zum Schluß muß der Samariter beweisen, daß er nicht der Mörder ist, mit Alibi und so. Das konnte ich der Blacky nicht antun! Einen Block weiter, und ich konnte in die Hochbahn steigen, in zwanzig Minuten zu Hause sein, wo sicherlich Blacky schon anläutete, um Gute Nacht zu sagen. Aus der Entfernung sah ich ihn bloß noch als dunkles Bündel auf dem Boden, ungefähr das einzige, was der grimmige Wind nicht weiterwirbelte. Unversehens stand ein Kerl neben mir, der die Hand auf meine Schulter legte; ein Stoppelbart, dazu Glatze und rötliche Fischaugen, im übrigen kein unsympathisches Gesicht; er bat um eine Zigarette. Und um Feuer. Und damit war er zufrieden, ließ mich und ging die Avenue hinab, sah das dunkle Bündel auf dem Pflaster, trat hinzu, wie ich es nicht gewagt hatte, und ging weiter. Oben dröhnte wieder die Hochbahn. Schließlich wagte ich es ebenfalls und ging zu dem Betrunkenen, der sich nicht mehr rührte, zurück. Er lag auf dem Bauch, violett vor Kälte, und auch sein fahles Haar war blutig. Ich sah die Wunde am Hinterkopf, ich rüttelte ihn, ich hob seinen Arm; er war tot. Sein Gesicht entsetzte mich, so daß ich weiterlief, und ich meldete nichts, obzwar es der eigene Vater war.

»Ihr Vater?«

Er lächelt, mein Staatsanwalt. Er glaubt es nicht, scheint es, so wenig wie die Ermordung meiner Gattin. Er fragt, als habe er nicht genau gehört:

»Ihr Vater?«

»Mein Stiefvater«, sage ich. »Immerhin.«

Aber auch dann, wenn er mir nicht glauben kann, ist mein Staatsanwalt sehr viel netter als mein Verteidiger; er entrüstet sich nicht, wenn unsere Begriffe von Wahrheit sich nicht immer decken. Er klopft sich eine Zigarette, sagt:

»Solche Viertel hat meine Frau natürlich nicht kennengelernt.«

Immer kommt er mit seiner Frau.

»Kennen Sie Fire Island?«

»Ja«, frage ich, »warum?«

»Soll sehr hübsch sein, sagt meine Frau, überhaupt die Umgebung von Neuyork.«

»Sehr hübsch.«

»Meine Frau hatte leider keinen eigenen Wagen«, erklärt

er, »aber sie fuhr doch öfter hinaus, soviel ich weiß mit Freunden.«

»Das muß man«, sage ich.

»Hatten Sie einen eigenen Wagen?«

»Ich«, lache ich, »nein.«

Irgendwie scheint ihn diese Aussage zu freuen, zu beruhigen, zu ermuntern und von einem Gedanken zu befreien, den ich nicht genau zu erraten vermag.

»Nein«, bestätigte ich, »einen eigenen Wagen hatte ich nie, jenen ganzen Sommer fuhr ich den Wagen von dem armen Dick, der krank lag.«

Irgendwie scheint ihn diese Aussage wieder nicht zu freuen, und ich fühle nur, daß ihn meine Wochenendfahrten ziemlich interessieren. Im Sommer ist Neuyork ja unerträglich, keine Frage, und wer es irgendwie kann, fährt hinaus, sobald er frei ist. Hunderttausende von Wagen rollen am Sonntag beispielsweise über die Washington Bridge hinaus, drei nebeneinander, eine Armee von Städtern, die dringend die Natur suchen. Dabei ist die Natur zu beiden Seiten schon lange da; Seen ziehen vorbei, Wälder mit grünem Unterholz, Wälder, die nicht gekämmt sind, sondern wuchern, und dann wieder offene Felder ohne ein einziges Haus, eine Augenweide, ja, es ist genau das Paradies; nur eben: man fährt vorbei. In diesem fließenden Band von glitzernden Wagen, die alle das verordnete Tempo von vierzig oder sechzig Meilen halten, kann man ja nicht einfach stoppen, um an einem Fichtenzapfen zu riechen. Nur wer eine Panne hat, darf in den seitlichen Rasen ausrollen, muß, um das fließende Band nicht heillos zu stören, und wer etwa ausrollt, ohne daß er eine Panne hat, der hat eine Buße. Also weiterfahren, nichts als weiterfahren! Die Straßen sind vollendet, versteht sich, in gelassenen Schleifen ziehen sie durch das weite und sanfte Hügelland voll grüner Einsamkeit, ach, man müßte bloß aus dem Wagen steigen können, und es wäre so, wie es Jean Jacques Rousseau sich nicht natürlicher erträumen könnte. Gewiß gibt es Ausfahrten, mit Scharfsinn ersonnen, damit man ohne Todesgefahr, ohne Kreuzung, ohne Huperei abzweigen und über eine Arabeske großzügiger Schleifen ausmünden kann in eine Nebenstraße; die führt zu einer Siedlung, zu einer Industrie, zu einem Flughafen. Wir wollen aber in die schlichte Natur. Also zurück in das fließende Band! Nach zwei oder drei Stunden werde ich nervös. Da alle fahren, Wagen neben Wagen, ist jedoch anzunehmen, daß es Ziele gibt, die diese Fahrerei irgendwann einmal belohnen. Wie gesagt: immerfort ist die Natur zum Greifen nahe, aber nicht zu greifen, nicht zu betreten; sie gleitet vorüber wie ein Farbfilm mit Wald und See und Schilf. Neben uns rollt ein Nash mit quakendem Lautsprecher: Reportage über Baseball. Wir versuchen vorzufahren, um den Nachbar zu wechseln, und endlich gelingt es auch; jetzt haben wir einen Ford an der Seite und hören die Siebente von Beethoven, was wir im Augenblick auch nicht suchen, sondern ich möchte jetzt einfach wissen, wohin diese ganze Rollerei eigentlich führt. Ist es denkbar, daß sie den ganzen Sonntag so rollen? Es ist denkbar. Nach etwa drei Stunden, bloß um einmal aussteigen zu können, fahren wir in ein sogenanntes Picnic-Camp. Man zahlt einen bescheidenen Eintritt in die Natur, die aus einem idyllischen See besteht, aus einer großen Wiese, wo sie Baseball spielen, aus einem Wald voll herrlicher Bäume, im übrigen ist es ein glitzernder Wagenpark mit Hängematten dazwischen, mit Eßtischlein, Lautsprecher und Feuerstellen, die fix und fertig und im Eintritt inbegriffen sind. In einem Wagen sehe ich eine junge Dame, die ein Magazin liest: How to enjoy life; übrigens nicht die einzige, die lieber im bequemen Wagen bleibt. Das Camp ist sehr groß; mit der Zeit finden wir einen etwas steileren Hang, wo es keine Wagen gibt, aber auch keine Leute; denn wo sein Wagen nicht hinkommt, hat der Mensch nichts verloren. Allenthalben erweist sich der kleine Eintritt als gerechtfertigt: Papierkörbe stehen im Wald, Brunnen mit Trinkwasser, Schaukeln für Kinder; die Nurse ist inbegriffen. Ein Haus mit Coca-Cola und mit Aborten, als romantisches Blockhaus erstellt, entspricht einem allgemeinen Bedürfnis. Eine Station für erste ärztliche Hilfe, falls jemand sich in den Finger schneidet, und Telefon, um jederzeit mit der Stadt verbunden zu bleiben, und eine vorbildliche Tankstelle, alles ist da, alles in einer echten und sonst unberührten Natur, in einer Weite unbetretenen Landes. Wir haben versucht, dieses Land zu betreten; es ist möglich, aber nicht leicht, da es keine Pfade für Fußgänger gibt, und es braucht schon einiges Glück, einmal eine schmale Nebenstraße zu finden, wo man den Wagen schlechterdings an den Rand stellen kann. Ein Liebespaar, umschlungen im Anblick eines Wassers mit wilden Seerosen, sitzt nicht am Ufer, sondern im Wagen, wie es üblich ist; ihr Lautsprecher spielt so leise, daß wir ihn bald nicht mehr hören. Kaum stapft man einige Schritte, steht man in Urwaldstille, von Schmetterlingen umflattert, und es ist durchaus möglich, daß man der erste Mensch auf dieser Stelle ist; das Ufer rings um den See hat keinen einzigen Steg, keine Hütte, keine Spur von Menschenwerk, über Kilometer hin einen einzigen Fischer. Kaum hat er uns erblickt, kommt er, plaudert und setzt sich sofort neben uns, um weiterzufischen, um ja nicht allein zu sein. Gegen vier Uhr nachmittags fängt es wieder an, das gleiche Rollen wie am Morgen, nur in der anderen Richtung und sehr viel langsamer: Neuyork sammelt seine Millionen, Stockungen sind nicht zu vermeiden. Es ist heiß, man wartet und schwitzt, wartet und versucht, sich um eine Wagenlänge vorzuzwängeln; dann geht es wieder, Schrittfahren, dann wieder offene Fahrt, dann wieder Stockung. Man sieht eine Schlange von vierhundert und fünfhundert Wagen, die in der Hitze glitzern, und Helikopter kreisen über der Gegend, lassen sich über den stockenden Kolonnen herunter, um durch Lautsprecher zu melden, welche Straßen weniger verstopft sind. So geht es drei oder vier oder fünf Stunden, bis wir wieder in Neuyork sind, versteht sich, einigermaßen erledigt, froh um die Dusche, auch wenn sie nicht viel nützt, und froh um ein frisches Hemd, froh um ein kühles Kino; noch um Mitternacht ist es, als ginge man in einer Backstube, und der Ozean hängt seine Feuchte über die flirrende Stadt. An Schlaf bei offenem Fenster ist nicht zu denken. Das Rollen der Wagen mit ihren leise winselnden Reifen hört überhaupt nicht auf, bis man ein Schlafpulver nimmt. Es rollt Tag und Nacht . . .

»Ich weiß«, sagt der Staatsanwalt nach meiner gewissenhaften Schilderung, »ich weiß, genau so hat es meine Frau auch erlebt.«

»Nicht wahr?«

»Sommer in Neuyork, sagt meine Frau, ist fürchterlich.«

»Das sagen alle.«

»Einfach fürchterlich.«

»Und trotzdem ist es eine betörende Stadt«, sage ich zum Abschluß, »eine tolle Stadt!«

Endlich bringt er seine Frage:

»Wer hat Sie denn auf solchen Ausflügen begleitet? Sie waren, wenn ich richtig gehört habe, nicht allein.«

»Nein.«

»Darf ich fragen –«

»Herr Staatsanwalt«, sage ich, »es war nicht Ihre Gattin.«

Er lächelt, sieht mich an.

»Ehrenwort«, sage ich.

Es sind merkwürdige Verhöre.

Sinfonie
und Limonade

Amerika brachte für Sibylle eine Zeit fast klösterlicher Einsamkeit. Sie blieb in Neuyork. Als der junge Sturzenegger von Kalifornien herüberkam, um die Sekretärin, die er nicht brauchte, in Empfang zu nehmen, hatte Sibylle bereits eine andere Stelle gefunden, dank ihrer Kenntnisse der europäischen Sprachen eine ganz ordentliche Stelle. Achtzig Dollar in der Woche. Sie war stolz. Und Sturzenegger, der es nicht tragisch nahm, fuhr allein nach seinem Redwood-City zurück, nachdem er Sibylle zu einem französischen Abendessen im Village eingeladen hatte. Mit dem Schleudern war's zu Ende. Der Weg jedoch, ihr Weg, war ziemlich streng. Zum erstenmal stand Sibylle, Tochter aus reichem Haus, in dieser Welt wie andere Leute, nämlich einsam und für sich selbst verantwortlich, abhängig von ihren eignen Fähigkeiten, abhängig von der Nachfrage, abhängig von Laune und Anstand eines Arbeitgebers. Es war merkwürdig: sie empfand es als Freiheit. Sie empfand es als Würde. Ihre Arbeit war öde, sie hatte Geschäftsbriefe zu übersetzen ins Deutsche, Französische, Italienische, immer etwa die gleichen. Und ihre erste eigene Wohnung in dieser Welt war so, daß man auch tagsüber, wenn draußen die Sonne schien, nicht ohne Glühbirne lesen oder nähen konnte, fast nie ein Fenster zu öffnen wagte, weil sonst wieder alles voll Ruß war, und Wachs in die Ohren steckte, um schlafen zu können. Sibylle war sich bewußt, daß Millionen von Leuten schlechter wohnten als sie, daß sie somit kein Anrecht hatte zu klagen. Überhaupt kam Klagen einfach nicht in Frage; schon wegen Rolf nicht. Zum Glück konnte sie Hannes tagsüber in ein deutsch-jüdisches Kinderheim geben. Ihre Freizeit verbrachte sie mit Hannes, wenn immer das Wetter es zuließ, im nahen Central Park; dort gab es Bäume ...

Sie begann, wie man so sagt, ein neues Leben.

Einmal, im Februar, erlebte Sibylle einen kleinen Schrecken, wobei sie heute noch nicht weiß, ob dieser Schrecken auf bloßer Einbildung oder auf Wirklichkeit beruhte. Sie saßen wieder im Central Park, Hannes und sie, und fütterten die Eichhörnchen; die Sonne gab warm, in den Mulden lag noch Schattenschnee; die Teiche waren teilweise noch gefroren; aber die Vögel zwitscherten, und es wurde Frühling. Die Erde war naß; sie saßen auf den schieferschwarzen Felsen von Manhattan, und Sibylle war froh wie ein Rumpelstilzchen, so heimlich und unerkannt wähnte sie sich in dieser Riesenstadt. Zwischen laublosen Zweigen sah man die Wolkenkratzer im bläulichen Dunst, ihre bekannte Silhouette; am Rande des großen Parkes, jenseits der Stille, schwirrte es geisterhaft, ab und zu tutete es vom Hudson herauf. Ein Polizist ritt in der schwarzen mulmigen Erde der Reitwege. Buben spielten Baseball. Auf den langen Bänken saß da und dort ein Zeitungsleser, oder es kam ein Liebespaar, dann eine Dame, die ihren Hund zu den raren Bäumen führte. Sibylle genoß es, niemand zu kennen. Sie sah den Mann, der hinter ihrem Rücken vorbeigegangen war, nur noch von hinten, einen Augenblick lang vollkommen gewiß, daß dieser Mann, der da schlenderte, niemand anders als Stiller sein konnte, und es fehlte wenig, daß Sibylle unwillkürlich gerufen hätte. Natürlich redete sie es sich aus. Wieso sollte Stiller hier in Neuyork herumschlendern? Ein Rest von Unruhe blieb dennoch, halb Hoffnung, halb Angst, es könnte wirklich Stiller sein. Sibylle nahm Hannes an der Hand und ging durch den Park, nicht um ihn zu suchen, eher um zu fliehen; immerhin mußte sie in der gleichen Richtung gehen. Natürlich, wie erwartet, sah sie den betreffenden Mann nicht mehr. Sie hatte ihr Hirngespinst (das war es ja wohl) völlig vergessen, als sie einige Tage später in die Subway hinunterstieg, das heißt, es war eine rollende Treppe; sie fuhr hinunter – er fuhr hinauf. Ein Austreten war ja nicht möglich. Hatte er sie nicht angestarrt, wenn auch ohne Gruß? Die Unwahrscheinlichkeit war ihr Trost. Oder stellte Stiller ihr nach? Jedenfalls sah Sibylle, daß der Mann, den sie für Stiller gehalten hatte, oben an der Treppe nicht weiterging, sondern sofort auf die andere Treppe wechselte, um herunterzukommen. Es war ein arges Gedränge, eine gelassene Beobachtung kaum möglich, ganz abgesehen von ihrer inneren Verwirrung. Ein GI-Mantel in Amerika, was beweist das schon! Später redete Sibylle es sich wieder aus; sie hatte den Mann auf der Rolltreppe dermaßen angegafft, daß er sich, ohne Sibylle zu kennen, vielleicht Hoffnungen machte und daher zurückkam. Mag sein. Im Augenblick handelte Sibylle vollkommen unwillkürlich: sie zwängte sich in den nächsten Wagen irgendeiner Untergrundbahn, die Türe schloß sich, man fuhr davon. Einige Wochen lang hatte sie immer etwas Angst, sooft sie auf die Straße ging, jedoch vergeblich; nie wieder sah sie einen Mann, der sich mit Stiller hätte verwechseln lassen.

Ihre Arbeit, wie gesagt, war öde. Sie saß in einem Saal ohne Tageslicht, nach einer Woche überzeugt, diese Unnatur nicht aushalten zu können. Keine Ahnung, ob es draußen regnet oder strahlt, kein Erlebnis der Tageszeit, nie ein Zug von Luft, die etwa nach Gewitter riecht oder nach Menschen oder nach Laub oder auch nur nach verregnetem Asphalt, es war um so gräßlicher, als Sibylle durchaus die einzige blieb, die überhaupt etwas vermißte; sie glaubte vor lauter air-condition zu ersticken. Die Gewißheit, daß es in jedem besseren Betrieb genau so sein würde, machte sie vollends ratlos. Was blieb ihr anderes als Fleiß aus Verzweiflung? Infolgedessen schätzte man sie, und als Sibylle nach einem halben Jahr kündigte, hielt man sie mit verdoppeltem Lohn. Jetzt konnte Sibylle sich eine andere, erfreulichere Wohnung leisten, zwei Zimmer mit sogenanntem Dachgarten, Riverside Drive, mit Blick auf den breiten Hudson. Und hier, im achtzehnten Stockwerk, war sie selig. Sie sonnten sich im Schutze einer roten Brandmauer, Hannes und sie, sahen viel Himmel und sogar Landschaft, Wald. Und ostwärts das Meer. In dunstiger Ferne schon erkannte Hannes, ob es die »Ile de France« oder die »Queen Mary« war, was einfuhr. Und am Abend, wenn es dunkelte, hatte sie vor dem Fenster gerade die schwungvolle Lichter-Girlande der Washington Bridge. Hier wohnte Sibylle fast zwei Jahre lang. Immer seltener dachte sie an die Rückkehr in die Schweiz. Das Leben in Amerika (so sagt sie) gefiel ihr sehr, ohne daß es sie begeisterte; sie genoß die Fremde. Dabei hat sie das eigentliche Amerika, den Westen, nie gesehen. Sibylle hatte es vor, einmal an die andere Küste zu fahren, Arizona kennenzulernen, Texas, die Blumen in Kalifornien; aber sie war ja eine Angestellte, und das heißt, sie konnte leben, sogar sehr ordentlich leben, genau so lange als sie vor ihrer Schreibmaschine saß und tippte: für die Freiheit ihres Wochenendes, die immerhin einen Radius von hundert Meilen hatte. Sie liebte Neuyork. In den ersten Wochen schien ihr nichts leichter zu sein als der Umgang mit amerikanischen Menschen. Alle waren so offen, so selbstverständlich; Freundschaften flogen ihr zu, oder es schien wenigstens so, wie noch nie im Leben. Auch genoß sie es, als Frau so unbehelligt zu sein, ja, es war, als hätte sie mit der Landung in Amerika aufgehört, eine Frau zu sein; bei aller Sympathie nahm man sie durchaus als ein Neutrum. Nach ihren letzten Erlebnissen war es ein Labsal, versteht sich, wenigstens anfänglich. Und auch später (so sagt sie) hatte sie gar kein Verlangen nach einem Mann, schon gar nicht nach einem amerikanischen; sie hatte Freunde, besser gesagt: friends. Die meisten von ihnen hatten einen Wagen, und das war nicht unwichtig, zumal im Sommer, wenn es in Neuyork so heiß ist. Mit der Zeit irritierte es sie allerdings doch, dieses Fehlen einer Atmosphäre, wie es sie selbst in der Schweiz gibt. Es ist nicht leicht zu sagen, was eigentlich fehlt. Jedermann lobte ihr neues Frühlingskleid, ihr gesundes Aussehen, ihren Sohn; es war, verglichen gerade mit der Schweiz, einfach köstlich, wie die Leute zu loben wagen. Aber plötzlich fragte sich Sibylle, ob sie überhaupt sehen, was sie loben. Es war merkwürdig (so sagt sie) zu erfahren, wie wunderbar und groß die Vielfalt des erotischen Spieles ist; Sibylle erfuhr es nie so deutlich wie hier, wo es diese Vielfalt nicht gibt. Beim Verlassen eines Restaurants, beim Verlassen einer Subway, beim Verlassen einer Gesellschaft, nie hatte sie das Gefühl, von einem Mann vermißt zu werden in jener holden Art, die beide Teile, ohne daß sie eine weitere Begegnung suchen, irgendwie beschwingt. Nie auf der Straße traf sie der kurze Blick absichtsloser Freude, ja, nicht einmal in Gesprächen geisterte etwas von der erregenden Ahnung, daß es den Menschen in zwei Geschlechtern gibt. Alles blieb kameradschaftlich, insofern sehr nett; aber es fiel auch eine Spannung aus, eine Fülle der blühenden Nuancen, eine Kunst des Spiels, ein Zauber, eine Drohung, die erregende Möglichkeit lebendiger Verstrickung. Es war flach, nicht geistlos, um Gottes willen, es wimmelte von gescheiten Leuten, von gebildeten Leuten; aber es war leblos, irgendwie reizlos, ahnungslos. Dann kam Sibylle sich als Frau wie unter einer Tarnkappe vor: von niemandem gesehen, nein, nicht gesehen, man hörte nur, was sie redete, und fand es lustig, interessant, mag sein, aber es war eine Zusammenkunft im luftlosen Raum. Es war komisch; sie plauderten über ›Sex problem‹ mit einer so voreiligen Unbefangenheit, mit der Aufgeklärtheit von Eunuchen, die nicht wissen, wovon sie reden. Einen Unterschied zwischen Sex und Erotik schien hier niemand zu kennen. Und wenn sie dann ihren strotzenden Mangel auch noch für Gesundheit hielten, nein, es war nicht immer lustig, es war langweilig. Was hat Neuyork nicht alles zu bieten! Es war eine Schande, sich hier zu langweilen. Allein die Konzerte! Aber das Leben selbst, das alltägliche, das Einkaufen, das Mittagessen im Drugstore, das Fahren im Bus, das Warten an einer Station, das Drum und Dran, das neun Zehntel unseres Lebens ausmacht, es war so unerhört praktisch, so unerhört glanzlos. Manchmal ging Sibylle ins italienische Viertel, um Gemüse zu kaufen, wie sie meinte; tatsächlich ging sie, um zu sehen, hungrig nach Sehenswertem. Oder lag es an Sibylle? Nach etwa einem halben Jahr hatte sie das bittere Gefühl, alle Menschen enttäuscht zu haben. Sie hatte ein Büchlein voll Adressen, aber wagte niemand mehr anzurufen. Womit hatte sie alle diese freundlichen Freunde enttäuscht? Sie wußte es nicht, sie erfuhr es nicht. Es bedrückte sie ernsthaft. Indessen, und dies verwirrte Sibylle noch mehr, hatte sie überhaupt nichts verscherzt, ganz und gar nicht; traf man sich zufällig, tönte es genau wie beim erstenmal: Hallo, Sibylle! und auf der andern Seite war keine Spur von Enttäuschung. All diese offenen und so selbstverständlichen Leute, schien es, erwarteten nicht mehr von einer menschlichen Beziehung; sie brauchte nicht weiterzuwachsen, diese so freundliche Beziehung. Und das war für Sibylle wohl das Traurige; nach zwanzig Minuten ist man mit diesen Menschen so weit wie nach einem halben Jahr, wie nach vielen Jahren, es kommt nichts mehr hinzu. Es bleibt bei dem offenherzigen Wunsch, daß es dem andern wohlergehe. Man ist befreundet, um es in irgendeiner Weise nett zu haben, und im übrigen gibt es ja Psychiater, so etwas wie Garagisten für Innenleben, wenn einer Defekte hat und nicht selber flicken kann. Jedenfalls soll man nicht seine Freunde mit einer traurigen Geschichte belasten; sie haben dann auch, in der Tat, nichts zu liefern als einen ebenso allgemeinen wie unverbindlichen Optimismus. Da legt man sich schon lieber an die Sonne auf dem kleinen Dachgarten. Und doch, so sehr Sibylle offenbar Mühe hatte mit dieser leutseligen Beziehungslosigkeit der allermeisten Amerikaner, war sie weit von dem Gedanken entfernt, in die Schweiz zurückzukehren ... Nach einem langsam verebbten Briefwechsel, nach einem gegenseitigen Schweigen, das endgültig zu werden drohte, meldete sich Rolf, ihr Mann, eines Nachmittags durch Anruf in ihrem Büro. »Wo bist du denn?« fragte sie. »Hier«, antwortete Rolf, »in La Guardia. Eben gelandet. Wie kann ich dich treffen?« Er mußte bis fünf Uhr warten, da Sibylle ja nicht einfach weglaufen konnte, und schließlich wurde es beinahe sechs Uhr, bis Sibylle, die Sekretärin, in der genannten Hotel-Lobby am Times-Square erschien. »Wie geht's dir?« fragten sie einander. »Danke«, sagten beide. Sibylle führte ihn über den Times-Square. »Wie lange bleibst du denn hier?« fragte sie, aber natürlich konnte man in dem Gedränge kaum sprechen. Sie führte Rolf, den benommenen Ankömmling, auf den Rockefeller-Turm, um ihm sogleich etwas von Neuyork zu zeigen. »Bist du geschäftlich in Neuyork?« fragte sie und verbesserte sich: »Ich meine: beruflich?« Sie saßen in der bekannten Rainbow Bar und mußten etwas bestellen. »Nein«, sagte Rolf, »ich komme deinetwegen. Unsertwegen ...« Sie fanden einander ziemlich unverändert, nur etwas älter. Sibylle zeigte die neuesten Bilder von Hannes. »Kein kid mehr, nein, schon ein richtiger guy!« Rolf ließ sie nicht allzu lange erzählen. »Ich bin gekommen«, sagte er, »um dich zu fragen – Ich meine: entweder scheiden wir uns oder wir leben zusammen. Aber endgültig.« Anderes fragten sie einander nicht. »In welcher Richtung wohnst

du denn?« erkundigte sich Rolf, und Sibylle zeigte ihm die
Gegend, überhaupt das Lichterspiel, die so unwahrschein-
lich farbige Dämmerung über Manhattan, eine Attraktion,
die wohl jeder Manhattan-Besucher kennt; nicht jeder findet dabei die Frau seines Lebens wieder ... »Babylon!« meinte Rolf, der immer wieder hinunterschauen mußte in dieses
Netz von flimmernden Perlenschnüren, in diesen Knäuel von
Licht, in dieses unabsehbare Beet von elektrischen Blumen.
Man wundert sich, daß in dieser Tiefe da unten, deren Ge-
rausch nicht mehr zu hören ist, in diesem Labyrinth aus qua-
dratischen Finsternissen und gleißenden Kanälen dazwischen,
das sich ohne Unterschied wiederholt, nicht jede Minute
ein Mensch verlorengeht; daß dieses rollende Irgendwoher-
Irgendwohin nicht eine Minute aussetzt oder sich plötzlich
zum rettungslosen Chaos staut. Da und dort staut es sich
zu Teichen voll Weißglut, Times-Square zum Beispiel. Schwarz
ragen die Wolkenkratzer ringsum, senkrecht, jedoch von der
Perspektive auseinandergespreizt wie ein Bund von Kristal-
len, von größeren und kleineren, von dicken und schlanken.
Manchmal jagen Schwaden von buntem Nebel vorbei, als
sitze man auf einem Berggipfel, und eine Weile lang gibt es
kein Neuyork mehr; der Atlantik hat es überschwemmt.
Dann ist es noch einmal da, halb Ordnung wie auf einem
Schachbrett, halb Wirrwarr, als wäre die Milchstraße vom
Himmel gestürzt. Sibylle zeigte ihm die Bezirke, deren Namen er kannte: Brooklyn hinter einem Gehänge von Brük-
ken, Staten Island, Harlem. Später wird alles noch farbiger;
die Wolkenkratzer ragen nicht mehr als schwarze Türme
vor der gelben Dämmerung, nun hat die Nacht gleichsam ihre Körper verschluckt, und was bleibt, sind die Lichter darin,
die hunderttausend Glühbirnen, ein Raster von weißlichen
und gelblichen Fenstern, nichts weiter, so ragen oder schwe-
ben sie über dem bunten Dunst, der etwa die Farbe von Apri-

kosen hat, und in den Straßen, wie in Schluchten, rinnt es wie glitzerndes Quecksilber. Rolf kam nicht aus dem Staunen heraus: Die spiegelnden Fähren auf dem Hudson, die Girlanden der Brücken, die Sterne über einer Sintflut von Neon-Limonade, von Süßigkeit, von Kitsch, der ins Grandiose übergeht, Vanille und Himbeer, dazwischen die violette Blässe von Herbstzeitlosen, das Grün von Gletschern, ein Grün, wie es in Retorten vorkommt, dazwischen Milch von Löwenzahn, Firlefanz und Vision, ja, und Schönheit, ach, eine feenhafte Schönheit, ein Kaleidoskop aus Kindertagen, ein Mosaik aus bunten Scherben, aber bewegt, dabei leblos und kalt wie Glas, dann wieder bengalische Dämpfe einer Walpurgisnacht auf dem Theater, ein himmlischer Regenbogen, der in tausend Splitter zerfallen und über die Erde zerstreut ist, eine Orgie der Disharmonie, der Harmonie, eine Orgie von Alltag, technisch und merkantil über alles, zugleich denkt man an Tausendundeine Nacht, an Teppiche, die aber glühen, an schnöde Edelsteine, an kindliches Feuerwerk, das auf den Boden gefallen ist und weiterglimmt, alles hat man schon gesehen, irgendwo, vielleicht hinter geschlossenen Augenlidern bei Fieber, da und dort ist es auch rot, nicht rot wie Blut, dünner, rot wie die Spiegellichter in einem Glas voll roten Weines, wenn die Sonne hineinscheint, rot und auch gelb, aber nicht gelb wie Honig, dünner, gelb wie Whisky, grünlich-gelb wie Schwefel und gewisse Pilze, seltsam, aber alles von einer Schönheit, die, wenn sie tönte, Gesang der Sirenen wäre, ja, so ungefähr ist es, sinnlich und leblos zugleich, geistig und albern und gewaltig, ein Bau von Menschen oder Termiten, Sinfonie und Limonade, man muß es gesehen haben, um es sich vorstellen zu können, aber mit Augen gesehen, nicht bloß mit Urteil, gesehen haben als ein Verwirrter, ein Betörter, ein Erschrockener, ein Seliger, ein Ungläubiger, ein Hingerissener, ein Fremder auf Erden, nicht nur fremd in Amerika, es ist genau so, daß man darüber lächeln kann, jauchzen kann, weinen kann. Und weit draußen, im Osten, steigt der bronzene Mond empor, eine gehämmerte Scheibe, ein Gong, der schweigt ... Das Verwirrendste aber für Rolf war natürlich Sibylle, seine Frau, die hier zu Hause war. Sie tranken ihren Martini – etwas stumm – und blickten einander gelegentlich an, lächelten fast etwas spöttisch, als sie merkten, daß ein Atlantik zwischen ihnen eigentlich nicht nötig war. Rolf getraute sich zwar kaum ihren nahen Arm zu fassen; seine Zärtlichkeit blieb in den Augen. Auch Sibylle fühlte, daß die Welt, wie groß sie auch sein mochte, keinen Menschen hatte, der ihr näher stehen könnte als dieser Rolf, ihr Mann; sie leugnete es nicht. Immerhin erbat sie sich eine Bedenkzeit von vierundzwanzig Stunden.

Elf Jahre in Manhattan

8. VI. New York.

Die übliche Saturday-party draußen bei Williams, ich wollte nicht gehen, aber ich mußte, das heißt: eigentlich konnte mich niemand zwingen, aber ich ging. Ich wußte nicht, was anfangen. Zum Glück erwartete mich wenigstens die Meldung, daß die Turbinen für Venezuela endlich zur Montage bereit sind, also Weiterflug sobald wie möglich – ich fragte mich, ob ich meiner Aufgabe gewachsen bin. Während Williams, der Optimist, seine Hand auf meine Schulter legte, nickte ich; aber ich fragte mich.

Come on, Walter, have a drink!

Die übliche Umhersteherei –

Roman Holidays, oh, how marvellous!

Ich habe niemand gesagt, daß meine Tochter gestorben ist, denn niemand weiß, daß es diese Tochter je gegeben hat, und ich trage auch keine Trauer im Knopfloch, denn ich will nicht, daß sie mich fragen, denn es geht sie ja alle nichts an.

Come on, Walter, another drink!

Ich trinke viel zu viel –

Walter has trouble, sagt Williams ringsum, Walter can't find the key of his home!

Williams meint, ich müsse eine Rolle spielen, besser eine komische als keine. Man kann nicht einfach in der Ecke stehen und Mandeln essen.

Fra Angelico, oh, I just love it!

Alle verstehen mehr als ich –

How did you enjoy the Masaccio-fresco?

Ich weiß nicht, was reden –

Semantics! You've never heard of semantics?

Ich komme mir wie ein Idiot vor –

Ich wohnte im Hotel Times Square. Mein Namensschild war noch an der Wohnung; aber Freddy, der doorman, wußte nichts von einem Schlüssel. Ivy hätte ihn abliefern sollen, ich klingelte an meiner eigenen Tür. Ich war ratlos. Alles offen: Office und Kino und Subway, bloß meine Wohnung nicht. Später auf ein Sightseeingboat, bloß um Zeit loszuwerden; die Wolkenkratzer wie Grabsteine (das habe ich schon immer gefunden), ich hörte mir den Lautsprecher an: Rockefeller Center, Empire State, United Nations und so weiter, als hätte ich nicht elf Jahre in diesem Manhattan gelebt. Dann ins Kino. Später fuhr ich mit der Subway, wie üblich: IRT, *Express Uptown*, ohne Umsteigen am Columbus Circle, obschon ich mit der *Independent* näher zu meiner Wohnung gelangen könnte, aber ich bin in elf Jahren nie umgestiegen, ich stieg aus, wo ich immer ausgestiegen bin, und ging wie üblich, im Vorbeigehen, zu meiner Chinese Laundry, wo man mich noch kennt. Hello Mister Faber, dann mit drei Hemden, die monatelang auf mich gewartet hatten, zurück zum Hotel, wo ich nichts zu tun hatte, wo ich mehrmals meine eigene Nummer anrief – natürlich ohne Erfolg! – dann leider hierher.

Nice to see you, etc.

Vorher ging ich noch zu meiner Garage, um zu fragen, ob es meinen Studebaker noch gibt; ich brauchte aber nicht zu fragen, man sah ihn von weither (sein Lippenstiftrot) im Hof zwischen schwarzen Brandmauern.

Dann, wie gesagt, hierher.

Walter, what's the matter with you?

Ich habe diese Saturday-party eigentlich von jeher gehaßt. Es ist mir nicht gegeben, witzig zu sein. Aber deswegen brauche ich keine Hand auf meiner Schulter –

Walter, don't be silly!

Ich wußte, daß ich meiner Aufgabe nicht gewachsen bin.

Ich war betrunken, ich wußte es. Sie meinten, ich merke es nicht. Ich kannte sie. Wenn man nicht mehr da ist, wird niemand es bemerken. Ich war schon nicht mehr da. Ich ging über den nächtlichen Times Square (zum letzten Mal, hoffe ich), um in einer öffentlichen Kabine nochmals meine Nummer einzustellen – ich verstehe heute noch nicht, wieso jemand abgenommen hat.

»This is Walter«, sage ich.

»Who?«

»Walter Faber«, sage ich, »this is Walter Faber –«

Unbekannt.

»Sorry«, sage ich.

Vielleicht eine falsche Nummer; ich nehme das riesige Manhattan-Buch, um meine Nummer nachzusehen, und versuche es nochmals.

»Who's calling?«

»Walter«, sage ich. »Walter Faber.«

Es antwortet dieselbe Stimme wie vorher, so daß ich eine Weile verstumme; ich begreife nicht.

»Yes – what do you want?«

Eigentlich kann mir nichts geschehen, wenn ich antworte. Ich fasse mich, bevor der andere aufhängt, und frage, bloß um zu sprechen, nach der Nummer.

»Yes – this is Trafalgar 4-5571.«

Ich bin betrunken.

»That's impossible!« sage ich –

Vielleicht ist meine Wohnung vermietet, vielleicht hat die Nummer gewechselt, alles möglich, ich sehe es ein, aber es hilft mir nichts.

»Trafalgar 4-5571«, sage ich, »that's me!«

Ich höre, wie er seine Hand auf die Muschel legt und mit jemand spricht (mit Ivy?), ich höre Gelächter, dann: »Who are you?«

Ich frage zurück:

»Are you Walter Faber?«

Schließlich hängte er ein, ich saß in einer Bar, schwindlig, ich vertrage keinen Whisky mehr, später bat ich den Barman, die Nummer von Mister Walter Faber zu suchen und mir die Nummer einzustellen, was er tat; er gab mir den Hörer; ich hörte langes Klingeln, dann wurde abgenommen:

»Trafalgar 4-5571 – Hello?«

Ich hängte auf, ohne einen Ton zu sagen.

Was Amerika zu bieten hat

Mein Zorn auf Amerika!

Ich schaukle und fröstle –

The American Way of Life!

Mein Entschluß, anders zu leben –

Licht der Blitze; nachher ist man wie blind, einen Augenblick lang hat man gesehen: die schwefelgrüne Palme im Sturm, Wolken, violett mit der bläulichen Schweißbrenner-Glut, das Meer, das flatternde Wellblech; der Hall von diesem flatternden Wellblech, meine kindliche Freude daran, meine Wollust – ich singe.

The American Way of Life:

Schon was sie essen und trinken, diese Bleichlinge, die nicht wissen, was Wein ist, diese Vitamin-Fresser, die kalten Tee trinken und Watte kauen und nicht wissen, was Brot ist, dieses Coca-Cola-Volk, das ich nicht mehr ausstehen kann –

Dabei lebe ich von ihrem Geld!

Ich lasse mir die Schuhe putzen –

Mit ihrem Geld!

Der Siebenjährige, der mir schon einmal die Schuhe geputzt hat, jetzt wie eine ersoffene Katze; ich greife nach seinem Kruselhaar –

Sein Grinsen –

Es ist nicht schwarz, sein Haar, eher grau wie Asche, braungrau, jung, wie Roßhaar fühlt es sich an, aber kruselig und kurz, man spürt den kindlichen Schädel darunter, warm, wie wenn man einen geschorenen Pudel greift.

Er grinst nur und putzt weiter –

Ich liebe ihn.

Seine Zähne –

Seine junge Haut –

Seine Augen erinnern mich an Houston, Texas, an die putzende Negerin, die in der Toilette, als ich meinen Schweißanfall mit Schwindel hatte, neben mir kniete, das Weiß ihrer großen Augen, die überhaupt anders sind, schön wie TierAugen. Überhaupt ihr Fleisch!

Wir plaudern über Auto-Marken.

Seine flinken Hände –

Es gibt keine Menschen mehr außer uns, ein Bub und ich, die Sintflut ringsum, er hockt und glänzt meine Schuhe mit seinem Lappen, daß es nur so klatscht –

The American Way of Life:

Schon ihre Häßlichkeit, verglichen mit Menschen wie hier: ihre rosige Bratwurst-Haut, gräßlich, sie leben, weil es Penicillin gibt, das ist alles, ihr Getue dabei, als wären sie glücklich, weil Amerikaner, weil ohne Hemmungen, dabei sind sie nur schlaksig und laut – Kerle wie Dick, die ich mir zum Vorbild genommen habe! – wie sie herumstehen, ihre linke Hand in der Hosentasche, ihre Schulter an die Wand gelehnt, ihr Glas in der andern Hand, ungezwungen, die Schutzherren der Menschheit, ihr Schulterklopfen, ihr Optimismus, bis sie besoffen sind, dann Heulkrampf, Ausverkauf der weißen Rasse, ihr Vakuum zwischen den Lenden. Mein Zorn auf mich selbst!

(Wenn man nochmals leben könnte.)

Mein Nacht-Brief an Hanna –

Am andern Tag fuhr ich hinaus an den Strand, es war wolkenlos und heiß, Mittag mit schwacher Brandung: die auslaufenden Wellen, dann das Klirren im Kies, jeder Strand erinnert mich an Theodohori.

Ich weine.

Das klare Wasser, man sieht den Meeresgrund, ich schwimme mit dem Gesicht im Wasser, damit ich den Meeresgrund sehe; mein eigener Schatten auf dem Meeresgrund: ein violetter Frosch.

Brief an Dick.

Was Amerika zu bieten hat: Komfort, die beste Installation der Welt, ready für use, die Welt als amerikanisiertes Vakuum, wo sie hinkommen, alles wird Highway, die Welt als Plakat-Wand zu beiden Seiten, ihre Städte, die keine sind, Illumination, am andern Morgen sieht man die leeren Gerüste, Klimbim, infantil, Reklame für Optimismus als Neon-Tapete vor der Nacht und vor dem Tod –

Später mietete ich ein Boot.

Um allein zu sein!

Noch im Badkleid sieht man ihnen an, daß sie Dollar haben; ihre Stimmen (wie an der Via Appia), nicht auszuhalten, ihre Gummi-Stimmen überall, Wohlstand-Plebs.

Brief an Marcel.

Marcel hat recht: ihre falsche Gesundheit, ihre falsche Jugendlichkeit, ihre Weiber, die nicht zugeben können, daß sie älter werden, ihre Kosmetik noch an der Leiche, überhaupt ihr pornografisches Verhältnis zum Tod, ihr Präsident, der auf jeder Titelseite lachen muß wie ein rosiges Baby, sonst wählen sie ihn nicht wieder, ihre obszöne Jugendlichkeit –

Lunch im Weißen Haus

Der Offizier, der wachsam im Vorraum sitzt, zeigt sich freundlich wie ein Concierge, dem unsere Pässe genügen; wir sind angemeldet. Der schwarze Taxi-Fahrer war eher mürrisch, als wir ihm unser Ziel nannten. Wir müssen warten. Der Offizier scheint sich zu langweilen, Mütze auf dem Tisch, Revolver am Gurt. Ich merke, daß ich mich nicht setzen kann; ich bin nervös, obschon an Ort und Stelle die Neugierde geringer ist, als ich sie mir eingeredet habe. Eine Sekretärin geht auf die Toilette; ein alter Neger leert die Aschenbecher im Korridor. Kein Zeichen von Alarm. Ab und zu gehen junge Männer hemdärmlig durch den Korridor, um sich ein Coca-Cola aus dem Automat zu holen, ihr small-talk dabei. Die Stimmung im Haus ist keineswegs nervös. Administration. Alltag bei der Weltmacht –

Seit vorgestern US-Einmarsch in Kambodscha, heute im Fernsehen die üblichen Bilder: Tanks von hinten, Helikopter in Schwärmen, Soldaten mit schiefen Helmen und mit schwerer Packung, Material, Waffen, Munition, Material; sie arbeiten oder stehen etwas verloren in der Gegend, warten auf Order, wohin in den Dschungel. Laut Sprecher wissen sie noch nicht, daß sie eine Grenze überschritten haben; das sieht man der Vegetation nicht an; als sie's von dem Sprecher erfahren, zeigt sich in ihren Mienen keinerlei Regung. Erst auf die Frage, was sie dazu meinen, sagt einer ins Mikro: »This is a mistake, I'm sure.« Ein anderer: »We're going to make history, that's all I know.«

Wir warteten im Korridor, der eng ist, nicht zu vergleichen mit einem Korridor bei IBM. Weder Chrom noch Leder. Man sitzt in gepolsterter Kleinbürgerlichkeit. Keine Spur von Reichskanzlei. Es könnte das Wartezimmer eines Zahnarztes sein, abgesehen von den Fotos: Nixon in Hawaii mit einem Blumenkranz um den Hals, er lacht, Nixon mit den Männern von APOLLO 13 nach der gemeisterten Havarie, er lacht und winkt; Nixon mit Gattin auf einer Treppe, er winkt und lacht und winkt; Nixon beim Verlassen seines Flugzeuges, er winkt; Nixon im Garten als Haupt einer Familie, er winkt nicht, aber lacht; dann wieder Nixon öffentlich, er schüttelt Kinderhände; Nixon bei einem Gala-Dinner mit Negern links und rechts, lauter Onkel Tom, alle in Smoking; dasselbe Gala-Dinner nochmals –

Niemand kann angeben, wie groß die BLACK PANTHER PARTY ist. »The BLACK PANTHER PARTY regards itself as a socialist organisation and believes that means of production should be in the hands of the people. They declare that men only live creatively when free from the oppression of capitalism.« Man soll nicht mehr nach Harlem gehen als Weißer; wir fahren trotzdem nach Harlem und gehen zu fuß; als einzige Weiße im Apollo-Theater. Keinerlei Belästigung; auch auf der Straße keine feindseligen Blicke, wenn man als Weißer nicht gafft. Ungefähr dieselben Konsum-Güter, dazu dieselbe Sprache: aber ein anderer Kontinent. Keine Kampf-Parolen an den Mauern. Es ist schwer zu sagen, was sich in 20 Jahren verändert hat; aber sehr viel. Im Kino: Gelächter über den weißen Helden.

Unser Gastgeber läßt sich entschuldigen, daß er noch einige Minuten beschäftigt ist, was wir leicht verstehen: seit vorgestern ein neuer Kriegsschauplatz. Ich wundere mich noch immer über diesen Korridor; abgesehen von den Nixon-Fotos, die in ebenso billigen wie geschmacklosen Rahmen hängen, brächte mich nichts auf die Idee, daß man sich in der Firma befindet, die Milliarden umsetzt in Krieg. Erst als ich die Toilette suche, finde ich in einem Seitengang auch ein Foto von Nixon in Vietnam: Soldaten bei der Entgegennahme seines väterlichen Ernstes –

Ich bin als Tourist im Land, hauptsächlich um die amerikanische Malerei zu sehen in ihrer Umwelt, Ateliers in der Lower East Side. Unterwegs kommt man in Demonstrationen: Fahnen des Vietcong wehen vor der Public Library, Lautsprecher, ein dicker Helikopter kreist über dem Park, wo sie auf dem Boden hocken oder auf Balustraden, andere liegen unter den Bäumen, Jugend mit Guerilla-Bart und Jesus-Haar, lauter Jugend, männlich und weiblich, Gruppen mit Gitarre, die Polizei steht um den Park, die Jungen rufen: PEACE NOW, PEACE NOW, die Polizei schweigt und schaut niemand an, ihre Knüppel hängen mit einer Schlaufe an ihrer Hand, PEACE NOW, PEACE NOW, PEACE NOW. Niemand wird bedroht, die Polizei wirkt überflüssig, die Wolkenkratzer ringsum brauchen keinen Schutz. Einige rufen: REVOLUTION NOW, aber sie berufen sich auf die Verfassung. Es geschieht nichts; nur die Heilslehre, die Krieg führt, verfängt nicht mehr. Einige rufen: ALL POWER TO THE PEOPLE, dazu das Zeichen mit den zwei Fingern, dann rufen plötzlich fünfzehntausend: PEACE, PEACE NOW, PEACE, PEACE, PEACE.

Henry A. Kissinger, unser Gastgeber, begrüßt uns herzlich und bittet in sein Vorzimmer. Wir kennen ihn aus Harvard; damals als Professor für politische Wissenschaft war er gelegentlich schon Berater von Präsident Kennedy. Heute gehört er vollamtlich zum Weißen Haus, Berater für Militär-Politik. Er ist Mitte 40, untersetzt, auf eine weltmännische Art unauffällig; Akademiker nach deutscher Tradition, auch wenn er seine Hände in die Hosentaschen steckt. Der Anruf, der ihn nochmals eine Weile aufhält, kommt von Nelson Rockefeller, und also warten wir nicht nur verständnisvoll, sondern verlegen im Bewußtsein, wie kostbar seine Zeit ist. Zwei Sekretärinnen sitzen in seinem Vorzimmer und essen gerade ihren hot-dog. Auch hier ein Foto von Nixon: der Präsident, wie er Henry A. Kissinger, seinen stehenden Berater, im Sitzen anhört, umgeben von Flaggen; Szene wie aus einem Kipphardt-Stück – Henry A. Kissinger, jetzt dienstfrei, stellt uns eine Dame vor, die nicht zum Weißen Haus gehört, eine Schauspielerin; dabei scherzt er mit Bezug auf Siegfried Unseld: »my friend and leftwing-publisher«. Auch hier ein Foto von Nixon, Porträt mit Widmung an Henry A. Kissinger: »grateful for ever«, das Datum kann ich nicht lesen, da Henry A. Kissinger sich erkundigt, was ich zurzeit arbeite: Roman oder Drama? Sehr hungrig ist eigentlich niemand, aber es gibt noch andere Gründe für einen Lunch; schon das Bestellen ist ein willkommener Aufschub der Fragen, die unumgänglich sind, Fragen zur amerikanischen Invasion in Kambodscha. Wir einigen uns auf Mineral-Wasser. Nachdem der Weiß-Haus-Kellner uns verlassen hat, eröffnet Henry A. Kissinger mit einem Bericht zur persönlichen Situation: täglich Briefe mit Morddrohung. Der Mann vom Secret Service, der ihn infolgedessen beschattet, ist aber nicht zu sehen. Ist es der Kellner oder sind wir vollkommen vertrauenswürdig? Dann zum Generationen-Konflikt: es sei unsere Schuld, das Versagen der Väter und Lehrer, die jeder leeren Drohung nachgeben, resignieren, kapitulieren usw., statt zu vertreten, was sie als richtig erkennen, und Leitbilder zu geben. Henry A. Kissinger erzählt, wie er in einer Uni-

versität, zur Diskussion mit Studenten bereit, als »Kriegsverbrecher« angesprochen wird; ungefähr die Hälfte der ver-
sammelten Studenten stimmt dieser Beschuldigung zu, indem sie sich von den Sitzen erhebt und stehen bleibt; als er,
Henry A. Kissinger, trotzdem zu einer akademischen Diskussion bereit ist, fällt wieder das Wort »Kriegsverbrecher«,
daraufhin verläßt er den Hörsaal. Nicht wenige von den Jungen, sagt er, haben ihm brieflich für seine Haltung gedankt
und sich für den Vorfall entschuldigt.

*WAR CRIMES AND INDIVIDUAL RESPONSIBILITY, ein
Memorandum von Richard A. Falk behandelt das Massaker
von Song-My am 16. 3. 1968, wobei mehr als 500 Zivilisten
niedergemacht worden sind: »The U.S. prosecutor at Nu-
remberg, Robert Jackson, emphazised that war crimes are
war crimes no matter what country is guilty of them.« Die
Charta des Nürnberger Tribunals bezeichnet als Verbrechen
nicht allein Massaker, Deportation, Folter usw., sie enthält
auch einen Artikel VI: »Crimes against peace: Planning,
preparation, initiation or waging of a war of aggression
in violation of international treaties, agreements or assur-
ances.«*

Was die Invasion von Kambodscha betrifft, sind wir nicht
nur Laien, sondern uns dessen auch bewußt; Henry A. Kissinger hat seit Jahrzehnten theoretisch auf dem Gebiet gear-
beitet, das der Laie schlichthin als Krieg bezeichnet, daher
seine Gelassenheit zwei Tage nach der Invasion von Kambodscha. Das Essen: familiär-ordentlich, es lenkt also nicht ab.
Was sollte ich denn erzählen: bloß um Henry A. Kissinger
nicht die Frage zu stellen, die Millionen amerikanischer Bürger stellen? Er ist freundlich, vielleicht froh um einen Lunch
mit Laien, fragt meinen Verleger nach seinem Verlag; aber

Siegfried Unseld, sonst in jeder Lebenslage bereit, sofort und gründlich über die Pläne seines Verlages zu berichten, macht es kurz, um seinerseits eine Frage zu stellen, die Henry A. Kissinger (sie duzen einander aus der Zeit des Harvard-Seminars) leicht beantwortet; die Kambodscha-Aktion werde 14 Tage dauern, dann Regenzeit. Auch der Versuch unseres Gastgebers, das Gespräch auf Ehen zu bringen, gelingt nicht. Wieder entsteht eine Pause. Wer Präsident Nixon berät, hat es schwerer als ein Verleger oder ein Schriftsteller; er kann nicht, um von seinem Beruf zu schweigen, auf ein allgemeineres und wichtigeres Thema wechseln, zum Beispiel auf Krieg. Das ist ja sein Beruf, und da hilft auch keine persönliche Bescheidenheit, kein Takt unsererseits. Henry A. Kissinger sagt, daß ihnen der Kambodscha-Entscheid natürlich keine Freude macht. Man hat das kleinere Übel zu wählen (kleiner für wen?), und offenbar habe ich nicht richtig gehört: das kleinere Übel wird höchstens sechs Wochen dauern. Henry A. Kissinger, der seine Diät hält, spricht ohne Eifer und nicht viel; es drängt ihn nicht. Der Präsident weilt heute in seinem Landhaus. Um etwas zu sagen, könnte ich berichten, wie die Amerikaner, die ich getroffen habe, darüber denken; aber Henry A. Kissinger errät es, bevor ich es sage: das sind Studenten, Professoren, Maler, Schriftsteller, Intellektuelle. Er sagt: »Cynicals have never built a cathedral.« Der Protest im Land kann die Verantwortlichkeit nicht verwirren, sie allein kennen die Fakten, die geheim sind. Henry A. Kissinger ist ein Intellektueller, der Verantwortung übernommen hat, wobei er sich darauf beruft, daß nicht »wir« diesen Krieg in Vietnam begonnen haben; er meint: nicht die Regierung Nixon. Ein undankbares Erbe. Was nochmals die Invasion von Kambodscha betrifft: die USA haben überhaupt kein Interesse an Kambodscha, es geht lediglich darum, eine Position für Verhandlungen zu schaf-

fen. Er fragt, was wir zum Nachtisch wünschen. Meinungs-
forschung hat ergeben, daß heute 63 % die Kambodscha-Invasion gutheißen, 25 % sind dagegen. (Die NEW YORK
TIMES ist dagegen.) Ich bestelle also Fruchtsalat und bin
froh, daß ein Hemdärmliger kommt mit der leisen Meldung:
»The President is calling.« Wir, eine Viertelstunde allein, löf-
feln unsern Nachtisch schweigsam; was unser Gastgeber
uns sagen kann, hat Nixon schon im Fernsehen gesagt: –

*Keine Verletzung der Neutralität von Kambodscha, denn
diese Neutralität hat der Vietcong schon verletzt. Keine Aggression gegen Kambodscha, denn im vorgesehenen Bezirk
befindet sich keine Bevölkerung, nur Vietcong, dessen Stützpunkte zerstört werden. Die Regenzeit wird sechs Monate
lang verhindern, daß der Vietcong diese Stützpunkte wieder
erstellt. Keine Eskalation des Krieges, im Gegenteil, es handelt sich um eine Vorbereitung für den Abzug der amerikanischen Truppen; nach der Regenzeit werden die südviet-
namesischen Truppen allein imstande sein usw.*

Das Restaurant im Weißen Haus: traulich-gediegen wie eine
Zunftstube, Gemütlichkeit in dunklem Holz, man könnte
sich am Bodensee befinden. Hier kein Foto von Nixon, dafür
vier Ölgemälde von alten Schiffen; drei davon in Seenot . . .
»The President is calling« . . . Ich esse Fruchtsalat, wo Millionen amerikanischer Bürger nicht zu Wort kommen. Was ist
komisch daran? Ein Gastgeber unter täglicher Morddrohung; er zeigt keine Angst, auch keine Empörung darüber.
Berufs-Risiko. Vielleicht schmeichelt es ihm sogar; es erinnert etwas an Caesar. Was sie jetzt am Telefon wohl sprechen? Ich stelle mir vor: Henry A. Kissinger, die rechte Hand
in der Hosentasche, stehend, während wir Fruchtsalat essen.
Ich überlege, warum ich einem Mann, der unter Morddro-

hung steht, ungern widerspreche: als schützte es ihn, wenn ich schweige, was immer er sagt. »Intellectuals are cynical and cynicals have never built a cathedral.« So denken auch Männer in unseren Behörden; es paßt zu dieser bräunlichen Zunftstube.

Professoren von Harvard besuchen Henry A. Kissinger wenige Tage später, um ihre bisherige Zusammenarbeit zu kündigen; sie bezeichnen die Kambodscha-Invasion als unverantwortbar und die Art, wie der Entscheid gefällt worden ist, als antidemokratisch.

Natürlich möchten wir das Weiße Haus besichtigen, aber es könnte uns ja irgendeiner führen, dessen Zeit weniger kostbar ist; offenbar möchte unser Gastgeber, nachdem der Kaffee getrunken ist, kein weiteres Kambodscha-Gespräch am Tisch, und wir nehmen's als Ehre, daß Henry A. Kissinger uns jetzt die Residenz zeigt. (Zu gewissen Zeiten kann jedermann sie besichtigen.) Die Palastwache, nicht zahlreicher als Wächter in einem Museum, grüßt nicht militärisch; unser Gastgeber mit der linken oder rechten Hand in der Hosentasche grüßt kurz-familiär, so daß die Uniformen, gerade im Begriff sich zu erheben, sich schon wieder setzen. Das gibt auch uns eine leichte Aura des Familiären. Trotzdem wage ich nicht die gestopfte Pfeife anzuzünden, halte sie in der Hand oder im Mund, ohne zu rauchen. Wände weiß, Teppich rot. Ich bin unsicher, was ich denken soll ... Hier also haust die Macht. Sie gibt sich als ein Wesen, das Ruhe liebt, Sauberkeit, die beim Aschenbecher anfängt; ein Wesen mit Tradition; ein Wesen, das die stillen Parke liebt, die grünen Rasen und Blumen je nach Jahreszeit; wahrscheinlich liebt es keine Straßenschlachten, auch wenn die Opfer selber schuld sind, und Massaker wie in Song-My müssen ihm ein

Greuel sein. Schon den gewöhnlichen Straßenverkehr mag es nicht. Überhaupt keinen Lärm, der seine Meditation stören könnte; es schätzt den Blick auf einen fernen Obelisk, das Geräusch eines Springbrunnens. Wer zum Haus der Macht gehört, ob als Militär-Berater oder als Wächter, geht ohne Hast, offensichtlich ohne Sorge, so daß man nur mit einem Lächeln an die Rufe denken kann: REVOLUTION NOW. Lincoln und andere sind erschossen worden, zuletzt Kennedy; was hat das erschüttert? Ihre Porträts in Öl schaffen jene Stimmung, daß man als Besucher sofort leise spricht; selbst das Porträt von L. B. Johnson, der noch nicht aus dem Jenseits auf uns blickt, gibt uns das Gefühl, daß uns Bescheidenheit ansteht. Nur Henry A. Kissinger, der weniger erläutert als die gewöhnlichen Fremdenführer, nimmt einfach die Hände nicht aus den Hosentaschen, um ohne Worte zu versichern, daß es im Haus der Macht vollkommen natürlich zugeht, zivil, human, nämlich unsteif. Er macht sogar einen Witz über die Jacqueline, das darf man. Vor allem ist die Macht, so scheint es, immer aus guter Familie, ein Wesen, das Geschmack hat; Geschmack beispielsweise an Porzellan und Stil-Möbeln. Das verleiht allem, was hier geschieht, etwas Aristokratisches. Jeder Präsident hat sein Porzellan, das später, wenn er nicht mehr im Amt ist, in Vitrinen ausgestellt wird; so achtet jeder das persönliche Porzellan seiner Vorgänger, und alle sind verbunden durch ihren Sinn für Porzellan. Wir gehen, ohne viel zu fragen, nicht eigentlich in Andacht, aber schicklich; wenn wir die Marmor-Treppe hinaufgehen, lege ich beispielsweise meine Hand nicht aufs Geländer. Die Malerei, die zur Möblierung der Macht gehört, hält sich an das vorige Jahrhundert; kein Rothko oder Roy Lichtenstein oder Stella oder Jim Dine, kein Calder usw. Bedürfnis nach Tradition, aber sie beginnt mit Lincoln und Washington; daher keine Ritterrüstungen. Nixon liebt vor al-

lem Vögel. Es gibt keine Gobelins, die militärische Siege dar-
stellen, oder ich habe sie nicht gesehen; man protzt hier
nicht militärisch und überhaupt nicht. Die Macht gibt sich
als dezentes Wesen, das niemand erschrecken möchte; kolos-
sal ist nur die Realität, aber nicht die Villa, wo dieses Wesen
wohnt und empfängt. Wieder ein Blick auf den Park; schon
ein Jumbo-Jet, den man gerade hört, paßt eigentlich nicht dazu. Hier geht Historie auf Spannteppich. Nichts erinnert an
Erdöl, nichts an die Computer im Pentagon, nichts an die
CIA, nichts an die United Fruit Company usw. Hier steht
ein großer Tisch, und ich nehme die Pfeife aus dem Mund:
Hier also – ich glaub's – arbeitet der Präsident, zur Zeit
Richard Nixon. Hinter dem leeren Sessel steht das Sternen-
banner, zur Seite die Flaggen aller Waffengattungen. Der Ar-
beitstisch ist leer und aufgeräumt, aber authentisch. Der einzige Gegenstand, der glaubhaft macht, daß von diesem Platz
historische Verfügungen ausgehen, und zugleich der einzige,
der nicht antiquarisch ist: ein Telefon-Apparat, weiß. Und so
stehen wir denn wie in Escorial, wenn man sich sagen muß:
Hier also –!

Nixon vor der Presse (8.5.) zur Us-Invasion in Kambodscha:
»Decisions, of course, are not made by a vote in the Security
Council or in the Cabinet. They are made by the President
with the advice of those, I, as Commander in Chief, I alone
am responsible ... I made the decision. I take the responsi-
bility for it. I believe it was a right decision. I believe it
works out. If it doesn't then I am to blame.«

Um nicht zu fragen: Was haben im Fall einer Katastrophe,
Bürgerkrieg oder Weltkrieg, die Opfer davon, daß Richard
Nixon, Commander in Chief, persönlich die Verantwortung
übernimmt und sich allenfalls umbringt wie Hitler? frage ich

seinen Berater, welcher Art die Intelligenz des Präsidenten sei. Sie sei groß, so höre ich, größer als bei Kennedy oder Johnson. Aber welcher Art? Ich höre, daß es eine analytische Intelligenz sei; die Besichtigung geht weiter ...

Zwei Tage später, 4. 5. 1970, werden in der Universität Ohio, Kent State, bei einer anti-war-demonstration vier Studenten erschossen von der National Guard, die aus Notwehr gehandelt habe, so heißt es, gegen Heckenschützen, was von sämtlichen Augenzeugen bestritten wird; die Fotos hingegen (LIFE) zeigen die National Guard, wie sie aus 30 Meter Entfernung, also nicht einmal von Steinwürfen bedroht, in die Menge schießt. Ohne Warnung. Sie hatten die Nerven verloren, so heißt es, weil ihr Vorrat an Tränengas zu Ende ging. Nixon sagt dazu: »The needless death should remind us all once more that when dissent turns to violence it invites tragedy«, wozu die NEW YORK TIMES bemerkt: »which of course is true, but turns the tragedy upside down by placing the blame on the victims instead of the killers.« Nixon schreibt persönliches Beileid an die Eltern.

Als nächstes besichtigen wir ein kleines Zimmer, wo der Präsident sich ausruhen kann, nicht größer als die Garderobe eines Schauspielers; eine schmale Couch, Sessel und Schrank, Waschbecken. Was hier fehlt: der Schminktisch. Ich sehe: Hier also ruht Nixon zwischen seinen Auftritten ... Langsam verliert sich meine Befangenheit; was wir sehen, hat nichts mit der Realität zu tun. Wozu besichtigen wir's eigentlich? So groß ist das Weiße Haus nicht; trotzdem das Gefühl, unser Gang sei endlos. Wände weiß, Teppich rot, es gibt den Korridoren etwas Heiteres; es ist fast schade, wenn unser Gastgeber unterbricht: Hier ist zum Beispiel gerade Bundeskanzler Willy Brandt empfangen worden. Dabei bin ich noch immer bei seinem Satz, der beim Lunch gefallen ist: Was in Kambodscha geschieht, wenn wir Vietnam verlassen, das ist nicht unser Problem! Ich nicke: Hier also mußte Willy Brandt speisen. Gegenüber einem Mitarbeiter, dem er uns vorstellt, wieder der scherzhafte Ton: »my friend and leftwing publisher«. Ich weiß jetzt, daß in diesem Haus ein offener Geist lebt. Wie die jungen Herren, die wir im Warteraum gesehen haben, ist auch dieser Mitarbeiter hemdärmlig-adrett-lässig; die ersten Nachrichten aus Kambodscha scheinen erfreulich zu sein, wie nicht anders erwartet. (Damals in Harvard, 1963, konnte Henry A. Kissinger noch offener sein, ein Intellektueller, der nicht die große Verantwortung trägt; damals redete er besorgter.) Eigentlich hätte ich eine Frage, aber es kommt nicht dazu; wir besichtigen einen Salon, wo Henry A. Kissinger und der Botschafter der UdSSR zu sitzen pflegen. Ich nicke, als bedürfe es meiner Bestätigung. Der Salon erinnert mich an das Kurhaus Tarasp: viele Fauteuils in kleinen Gruppen, alle unbequem, aber gediegen, Stil, vermutlich sind es echte Antiquitäten. Jetzt hat Henry A. Kissinger beide Hände in den Hosentaschen, um zu zeigen, daß er für die Innen-Architektur nicht verantwortlich ist. Das ist auch Nixon nicht. Die Wohnung, die der jeweilige Präsident sich nach eigenem Geschmack einrichtet, befindet sich ein Stockwerk höher; wir sehen lediglich die Staatsräume, die, wie gesagt, jeder amerikanische Bürger besichtigen kann zu gewissen Zeiten. Demokratie kennt kein Geheimnis vor den Wählern ... Hier also (jetzt nicke ich schon, bevor ich weiß, was es zu bestätigen gilt) versammelt sich das Kabinett. Ein überzeugender Saal. Um einen langen und breiten und schweren Tisch stehen Sessel aus Leder, nicht allzu prunkvoll, gerade richtig: Sessel, die zum aufrechten Sitzen verpflichten. Hier ließe sich verhandeln, ob Kambodscha überfallen werden soll oder nicht. Es sei aber, so höre

ich, nicht oft der Fall, daß das Kabinett hier zusammen-
kommt, und dann sei es nur langweilig. Henry A. Kissinger
lächelt; er wollte uns nur den Saal zeigen. Die Entscheidungen fallen nicht hier, sagt er –

*Walter J. Hickel, Interior Secretary, beklagt in einem ver-
öffentlichten Brief, daß ihn der Präsident in einem Jahr
nur dreimal konsultiert hat; er schreibt: »Permit me to sug-
gest that you consider meeting, on an individual and con-
versational basis, with members of your Cabinet. Perhaps
through such conversations we can gain greater insight into
the problems confronting us all –«*

Meine Frage wäre gewesen, was Nixon mit der Macht eigentlich will. Es gibt Ziele, die man nur verwirklichen kann,
indem man an die Macht gelangt. (Abschaffung der Armut
im reichsten Land der Welt, Integration der Neger, Frieden
ohne Ausbeutung anderer Völker usw.) Was ist das Ziel dieses Richard Nixon? – aber meine Frage erübrigt sich; es war
sein Ziel, Präsident der Vereinigten Staaten zu werden, und
er hat sein Ziel erreicht, indem er kein anderes hatte, Macht
als Ziel der Macht, und daß Nixon durchaus den Frieden
will, wenn es kein anderes Mittel gibt, um an der Macht zu
bleiben, glaube ich ohne Frage –

*Alles nimmt überhand: der Kehricht, die Jugend, das Haar,
die Drogen, die Neger, die Unruhen, die Studenten, der
Protest auf der Straße, die Angst vor Amerika. Die neuen
Wolkenkratzer, auch die Gitarre nimmt überhand. Im
Herbst, als sie wieder einmal nach Washington zogen, soll
es eine Viertelmillion gewesen sein, die sich um das Weiße
Haus versammelte, PEACE NOW, STOP THE WAR, PEACE
NOW, es gab keine Toten; Präsident Nixon ließ sein Fenster*

schließen und schaute (wie er selber bekanntgab) Baseball
im Fernsehen. Ein halbes Jahr später, 9. 5. 1970, lagern sie
wieder um den Park, OUT OF CAMBODIA, diesmal nur
Hunderttausend, viele glauben nicht mehr, daß sie gehört
werden, aber Nixon hat eine schlaflose Nacht, laut Presse:
in der Morgenfrühe begibt der Präsident sich zum Capitol,
wo er mit einigen Studenten spricht und verlangt, daß sie
ihn verstehen müssen, denn er trägt die Verantwortung da-
für, daß die Vereinigten Staaten die führende Macht blei-
ben. Die Studenten sagen: Dann redete er über Sport. Laut
Presse: Der Präsident frühstückte Schinken mit Ei. Gegen
Krise hilft Krieg, aber was hilft gegen die Jugend, die über-
hand nimmt? 400 Universitäten treten in Streik wegen der
erschossenen Studenten von Kent State.

Im Park, der, wie wir durchs Fenster schon mehrmals bemerkt haben, sehr schön ist, aber keine Frage beantwortet,
sagt Henry A. Kissinger, er werde nicht allzu lange in seinem
Amt bleiben; er habe kaum noch ein privates Leben. Das Weiße Haus jetzt von außen: wie man es von Bildern kennt. Hier
im Freien zünde ich endlich meine Pfeife an, während wir gehen und nur unsere Schritte im Kies hören. Was reden? Ein
sommerlicher Tag. Wer Entscheidungen fällt oder zu Entscheidungen rät, die Millionen von Menschen betreffen,
kann sich nachträgliche Zweifel, ob die Entscheidung richtig ist, nicht leisten; die Entscheidung ist gefallen, das weitere abzuwarten. Man könnte jetzt durchaus einen Witz erzählen, aber es fällt mir keiner ein.

Heute früh in Jimmy's Coffee-shop: das Gespräch mit dem
munteren Kellner, der mich für einen Deutschen hält und
daher sagt, daß er nicht für Hitler sei, aber auch nicht gegen
Hitler, »but perhaps we have to see that Hitler was a great

philosopher.« Da er mein Zögern sieht, wechselt er auf McCarthy, »who was considered to be a fool«, aber heute sieht man es: hätte man damals auf McCarthy gehört, »we would not have all the trouble with Vietnam«. Er selber, der Kellner, ist eigentlich Grieche, Patriot auch dort; er findet Pattakos schon richtig, »only some communists can't stand him«. Wir sind übrigens nicht allein; der Mann, der nebenan Tabak verkauft, ist für Hitler. Warum? Hitler hatte einen großen Glauben. Nämlich? »He believed that the Germans are a superior race.« Er selber, der Tabakmann, ist Puertoricaner mit Kruselhaar, übrigens der Meinung, die Vereinigten Staaten hätten nach dem Krieg eben Europa besetzen sollen. Das erinnert mich an ein Gespräch in einem kalifornischen Motel, 1952, der Wirt versicherte: »depression is worse than war«, wobei er allerding einen Krieg im alten Europa meinte. Warum in Europa? »because they are used to have wars over there«.

Im Park ist nichts zu besichtigen und Schweigen umso auffälliger; ich bin froh, daß Siegfried Unseld jetzt von seinem Verlag berichtet. Jede Firma hat ihre Probleme. Henry A. Kissinger, bescheiden wie meistens die außerordentliche Intelligenz, fast eitel-bescheiden, ein Fachmann, der alle Möglichkeiten mit Vernichtungswaffen durchdacht hat und das beste will, nämlich die allergeringste Vernichtung der Welt, er weiß, was in dieser Stunde nur wenige in der Welt wissen (erst die Historiker werden's einmal wissen), und hört lieber einem andern zu, wenn auch etwas geistesabwesend. Ich habe noch keinen Mann getroffen, dessen möglicher Irrtum ein entsprechendes Ausmaß annehmen könnte; ein Chirurg, der einmal pfuscht, ein Lokomotiv-Führer, ein Bundesrat sogar, der versagt, ein Polizei-Chef, der sich irrt, ein Pilot mit 160 Passagieren oder ein Herbert Marcuse, ein Verleger usw., das alles sind ja Verantwortungen, die einer übernehmen kann. Aber Berater eines Weißen Hauses? Ich verstehe immer mehr, daß Henry A. Kissinger, so oft es nur geht, seine Hände in die Hosentaschen steckt; seine Verantwortung steht in keinem Verhältnis mehr zur Person, die einen Anzug trägt wie wir. Je mörderischer der Irrtum sein kann, umso weniger kann einer dafür. Ohne daß ich ein Wort durchlasse, sagt Henry A. Kissinger, er ertrage Verantwortung lieber als Ohnmacht. Einen Nachsatz, zur andern Seite gesprochen, habe ich nicht genau gehört. Wir gehen sehr langsam. Was er machen wird nach seinem Rücktritt aus dem Weißen Haus, weiß Henry A. Kissinger noch gar nicht. Zurück zur Universität? Das dürfte, meint er, kaum möglich sein. Unser Gang über Kies wird bald zu Ende sein, und es scheint, daß es nichts mehr zu fragen gibt. Warum ist Henry A. Kissinger, vor der Wahl noch ein erklärter Gegner von Richard Nixon, trotzdem dessen Berater geworden? Schicklich hingegen ist die Frage meiner Frau: wie hat seine wissenschaftliche Theorie sich bewährt oder verändert durch Praxis? Das sei eine Frage, sagt Henry A. Kissinger, die er oft zu hören bekomme; er habe keine Zeit, um darüber nachzudenken. Ein schrecklicher Satz, aber wir befinden uns gerade in einer Pendeltüre; ich höre nur noch: Wenn man einmal auf dem Seil steht, gibt es kein Zurück – nach der Pendeltüre: – keine Politik ohne das Risiko einer Tragödie. Tragödie für wen?

Nachtrag zur Reise

Sagt man, es sei nicht der erste Besuch in den Vereinigten Staaten, so kommt fast immer die Frage: Finden Sie's verändert? Dabei erwarten sie alles andere als die Antwort, es habe sich zum Guten verändert. Das finde ich aber ... Damals war ihre Frage in jedem Langstrecken-Bus: HOW DO YOU LIKE AMERICA? eine leutselig-frohe Frage, die auf Beifall wartete selbstverständlich; eigentlich wunderte sie nur, was uns am meisten imponiere. Am meisten imponierte mir damals die Wüste. Es war die Zeit von McCarthy. Ein Antikommunismus ohne Kenntnis, was Kommunismus will, in Verbindung mit einem repressiven Patriotismus (nicht viel anders als bei uns), ist nicht geschwunden; im Schwinden ist trotz allem die Arroganz der Macht, auch wenn sie sagen: Wir sind das reichste Land der Welt. Das stimmt ja. Sie sind erschreckt. Luftverschmutzung ist ja nur eine Metapher für alle andern Realitäten, die sie erschrecken. Zumindest ist man nicht mehr sicher, daß alles, was größer und größer wird, auch erfreulich sei. Kaum ein Abend, ohne daß Sorge sich ausdrückt; nicht selten die offenherzige Frage: Sind wir auf dem Weg zum Faschismus? Einiges spricht dagegen, z. B. das puritanische Erbe; die Debatten über Amerika, die sie unter sich selber führen, werden länger und enden nicht in Zuversicht, meistens nicht einmal in Gutheißung der Geschichte. Die Vernichtung der Indianer erscheint kaum noch als glorreiche Erfüllung eines göttlichen Auftrags, sondern als Genocid; das Jäger-Selbstverständnis der Vorfahren ist zwar zu erklären, aber das Ergebnis heißt heute Genocid. Es stimmt, was der Präsident sagt: die USA haben seit ihrem Bestehen, also seit 190 Jahren, nie einen Krieg verloren. Nur bleibt der Sieg aus. Was man aus Vietnam weiß, bleibt ein

Schock, selbst wenn die Truppen einmal abziehen: man ist nicht mehr sicher, daß man die moralische Großmacht ist wie in Nürnberg. Es sind Dinge geschehen und geschehen täglich weiter, die man bisher nur andern zugetraut hat. WHAT WE ARE DOING IN INDOCHINA, sagen Leute, die mit Kriegsverbrechen auch nicht auf Umwegen zu tun haben; sie vor allem sind verändert, so scheint mir, bis in den Alltag hinein. Sie wundern sich, daß wir freiwillig in diesem Land sind. Ein schreckliches Land, so nennt es mehr als einer, wenn auch sofort mit dem Nachsatz: Dabei wären wir das reichste Land der Welt. Bauarbeiter schlagen einen Umzug von Blumenkindern zusammen; auch das kann den Amerikanischen Traum nicht wiederherstellen. Was es vor zwanzig Jahren nicht gegeben hat: Skepsis, daß Amerika auf dem rechten Weg ist. Nur in der Reklame und in den offiziellen Reden, die ja auch Reklame sind, findet sich jener Ton zuversichtlicher Selbstgerechtigkeit, nicht mehr im privaten Gespräch. Amerika hat Angst. Die Macht-Inhaber unterstellen: Angst vor Rußland, Angst vor China, also Angst, die ihre Strategie rechtfertigt und die Kosten dieser Strategie. In den kleinen Bars oder in den Ateliers oder unter Wissenschaftlern oder in einem öffentlichen Park oder wo immer man ins Gespräch kommt, das sie selber anfangen, tönt es anders: Amerika hat Angst vor Amerika ... Ich meine im Ernst, es habe sich zum Guten verändert, verglichen auch mit 1956, als ich zum zweitenmal dieses große Land durchreist habe; eine System-Kritik habe ich zwar nie gehört, auch nicht bei Leuten, die gegenüber Präsident und Administration in offenem Protest stehen; aber die Angst vor sich selbst macht sie als einzelne humaner.

(1970)

Vorkommnis

Kein Grund zur Panik. Eigentlich kann gar nichts passieren. Der Lift hängt zwischen dem 37. und 38. Stockwerk. Alles schon vorgekommen. Kein Zweifel, daß der elektrische Strom jeden Augenblick wieder kommen wird. Humor der ersten Minute, später Beschwerden über die Hausverwaltung allgemein. Jemand macht kurzes Licht mit seinem Feuerzeug, vielleicht um zu sehen, wer in der finsteren Kabine steht. Eine Dame mit Lebensmitteltaschen auf beiden Armen hat Mühe zu verstehen, daß es nichts nützt, wenn man auf den Alarm-Knopf drückt. Man rät ihr vergeblich, ihre Lebensmitteltaschen auf den Boden der Kabine zu stellen; es wäre Platz genug. Kein Grund zur Hysterie; man wird in der Kabine nicht ersticken, und die Vorstellung, daß die Kabine plötzlich in den Schacht hinunter saust, bleibt unausgesprochen; das ist technisch wohl nicht möglich. Einer sagt überhaupt nichts. Vielleicht hat das ganze Viertel keinen elektrischen Strom, was ein Trost wäre; dann kümmern sich jetzt viele, nicht bloß der Hauswart unten in der Halle, der vielleicht noch gar nichts bemerkt hat. Draußen ist Tag, sogar sonnig. Nach einer Viertelstunde ist es mehr als ärgerlich, es ist zum Verzagen langweilig. Zwei Meter nach oben oder zwei Meter nach unten, und man wäre bei einer Türe, die sich allerdings ohne Strom auch nicht öffnen ließe; eigentlich eine verrückte Konstruktion. Rufen hilft auch nichts, im Gegenteil, nachher kommt man sich verlassen vor. Sicher wird irgendwo alles unternommen, um die Panne zu beheben; dazu verpflichtet ist der Hauswart, die Hausverwaltung, die Behörde, die Zivilisation. Der Scherz, schließlich werde man nicht verhungern mit den Lebensmitteltaschen der Dame, kommt zu spät; es lacht niemand. Nach einer halben Stunde versucht ein jüngeres Paar sich zu unterhalten, so weit das unter fremden Zuhörern möglich ist, halblaut über Alltägliches.

Dann wieder Stille; manchmal seufzt jemand, die Art von betontem Seufzer, der Vorwurf und Unwillen bekundet, nichts weiter. Der Strom, wie gesagt, muß jeden Augenblick wieder kommen. Was sich zu dem Vorkommnis sagen läßt, ist schon mehrmals gesagt. Daß der Strom-Ausfall zwei Stunden dauert, sei schon vorgekommen, sagt jemand. Zum Glück ist der Jüngling mit Hund vorher ausgestiegen; ein winselnder Hund in der finsteren Kabine hätte noch gefehlt. Der Eine, der überhaupt nichts sagt, ist vielleicht ein Fremder, der nicht genug Englisch versteht. Die Dame hat ihre Lebensmitteltaschen inzwischen auf den Boden gestellt. Ihre Sorge, daß Tiefkühlwaren tauen, findet wenig Teilnahme. Jemand anders vielleicht müßte auf die Toilette. Später, nach zwei Stunden, gibt es keine Empörung mehr, auch keine Gespräche, da der elektrische Strom jeden Augenblick kommen muß; man weiß: So hört die Welt nicht auf. Nach drei Stunden und elf Minuten (laut späteren Berichten in Presse und Fernsehen) ist der Strom wieder da: Licht im ganzen Viertel, wo es inzwischen Abend geworden ist, Licht in der Kabine, und schon genügt ein Druck auf die Taste, damit der Lift steigt wie üblich, wie üblich auch das langsame Aufgehen der Türe. Gott sei Dank! Es ist nicht einmal so, daß jetzt alle beim ersten Halt sofort hinaus stürzen; jedermann wählt wie üblich sein Stockwerk –

(1971)

Es waren Schwarze

Es scheint zu stimmen: ein Landsmann erzählt, daß er an der 10. Straße (wo wir wohnen) um acht Uhr abends plötzlich drei Messer auf dem Leib hatte, zwei hinten, eins vorn. Es waren Schwarze; ihre einzige Frage: »Where is it?« Als sie in seinem Portemonnaie nur 10 Dollar fanden, wurden ihre Messer gefährlicher. Zum Glück rührte er sich nicht, bis sie in seiner Brieftasche noch 20 Dollar gefunden hatten; dann warfen sie seine Brieftasche mit Paß hinaus auf die Straße, damit er sie holen mußte, während sie verschwanden. Ein Passant, dem der Verstörte sich mitzuteilen versuchte, zuckte die Achsel –

Seminar an der Columbia Universität, PROBLEMS OF STYLE AND EXPRESSION, in deutscher Sprache. Wer sind die Studenten? Ihr Schulgeld beträgt jährlich: 1200 Dollar; ein Student kostet die Eltern im Jahr: 4000 bis 5000 Dollar. Wer sind ihre Eltern?

Demonstration am Times Square: gegen denselben Krieg mit denselben Transparenten wie im letzten Frühjahr, aber der Aufmarsch ist kleiner. Sie gehen in einem Gehege kreisum, das die Polizei errichtet hat, ordentlich getrennt von den ordentlichen Straßenbenützern. Wie in einem Laufgitter, PEACE NOW. Die Polizei, zwar zahlreich und ausgerüstet mit Helm und Knüppel und Radio, sagt gelassen zur Majorität: KEEP MOVING, PLEASE KEEP MOVING. Die Majorität, so liest man, ist heute zu 70 % gegen den Krieg. Das Mittel der Demonstration ist verbraucht.

Ein alter Taxi-Fahrer erklärt, warum er nach dieser Fahrt nachhause gehe, warum er in der Nacht nicht mehr fahre. »too many caracters, you know!« Aber er versteht sie, sagt er: Da kommen sie von Vietnam zurück, jetzt wissen sie nicht, wie leben, und dann fixen sie eben, Heroin ist teuer, dann überfallen sie ihn und nehmen sein ganzes Tageseinkommen. Deswegen geht er um diese Zeit lieber nachhause. Es gibt auch liebe Leute, sagt er: dann sagen sie am Ende der Fahrt, sie haben kein Geld, und dann gibt er ihnen seine Adresse, manchmal schicken sie wirklich die drei oder vier Dollar.

ALCOHOLICS ANONYMOUS, sie treffen sich dreimal in der Woche. Eine jüngere und attraktive Frau erzählt ihre Geschichte mit dem Alkohol, eine Geheilte. Sehr unbefangen, direkt, durchaus unpfäffisch. Einzige Bedingung für die Mitgliedschaft: der Wunsch, nicht mehr zu trinken. Es sind ungefähr 150 Männer und Frauen verschiedenen Alters, Arme und Bessergestellte auch, Weiße und Schwarze. Wer in der Diskussion teilnimmt, stellt sich vor: »Joe, I am an alcoholic.« Dann fragt er, wie es aber der Sprecherin ergangen ist bei Rückfällen. Man versteht einander. Einer ist schwerbetrunken, sagt etwas und geht nach einer Weile, was nicht verübelt wird; jeder weiß hier, wie schwer es ist. Ich sehe, daß er sich sogar noch einen Dollar pumpt. Nur wenigen ist anzusehen, daß sie Trinker sind. Im Nebenraum lärmen Kinder bei einem Ballspiel. Es gibt Gratis-Tee. Wer einmal die Gnade erfahren hat, daß er nicht mehr dem Alkohol verfallen ist, begleitet einen andern am Feierabend; ohne Herablassung, wenn er den Süchtigen abzuhalten versucht, denn er selber kennt den Alkohol und den Satan, der verspricht, daß es bei einem Gläschen bleibe, und die Ausrede, heute gebe es irgend etwas zu feiern. Der alte Neger, den ich um

Traktate bitte, gibt vorerst die Hand und sagt: Bobby. Ich
sage: Max.

(1971)

Women's Liberation

– und zum Schluß sagt er jedesmal, er sei ja dafür, durchaus dafür; nur müßten wir Frauen es selber machen. Dann zieht er die Decke über seine nackte Schulter, dieser Mann des neunzehnten Jahrhunderts. Ich könnte ihn umbringen, nur weil er weiß, daß ich's nicht kann. Wieso eigentlich nicht? Ein Mensch, der schnarcht, ist keiner. Jetzt hatten wir monatelang Frieden. Der Mythos vom vaginalen Orgasmus, das gibt er zu, um seine Ruhe zu haben. Wenn ich ihn umbringen wolle, sagt er, müsse ich vorher noch lernen, wie der Motor unsres Wagens funktioniert, und anderen Nonsens. Ich habe ja nicht gewußt, was ich geheiratet habe. Der weibliche Körper, sagt er, sei eben anders, was ich auch sage, aber anders als er. Ob ich Norman Mailer gelesen habe? Dann kämpft er nicht einmal, wenn man widerspricht, sondern sagt wieder, er sei durchaus dafür. Die Frau als Neger, das gibt er alles zu, aber was tut er dagegen? Diese June, die ihm den Hof macht, hat gerade noch gefehlt, diese June mit ihren Wurstbeinen, die nicht einmal merkt, daß dieser Mann sie nicht ernst nimmt. Wieso ich ihn überhaupt ernstnehme? Das fragt er, bevor er einschläft. Ich frage mich auch. Ich lese Norman Mailer nicht. Sie lernen es nie. Auch Lysistrata ist von einem Mann erfunden, dieser antike Herrenwitz, daß der geschlechtliche Streik der Frauen immer scheitern wird, weil es Weiber wie diese June gibt, Streikbrecherinnen aus unterbelichtetem Bewußtsein. Das Fortschrittlichste, was er zu denken vermag: daß die bisherige Emanzipation der Frau sich als Bumerang erwiesen habe, indem sie die Frau nicht befreit, im Gegenteil sie gerade in die Kategorien männlichen Denkens einordnet. Das sagen wir ja. Wenn er sich überhaupt zum Ernst bequemt, gibt er zu, daß es so nicht weitergeht. Einiges hat er sich immerhin schon abgewöhnt; er sagte: Deine Kinder. Dann beruft er sich beiläufig auf Margret Mead: Die menschliche Vaterschaft als eine gesellschaft-konstituierende Erfindung (ob ich höre) Erfindung, keine Naturgegebenheit wie beispielsweise die Menstruation (ob ich höre?), gesellschaft-konstituierende und somit repressiv. Ich finde ja nicht, daß das lange Haar ihm besonders steht; vielleicht weil ich ihn kenne. Joe ist kein Löwe. Sie tun nur so progressiv, diese Künstler, und dann verrät er sich doch: Frauen seien nicht kreativ. Helen hat's ihm gesagt, besser als ich es kann; sie regt sich nicht auf, wenn er widerspricht. Mir widerspricht er schon nicht mehr, sondern ist lieb; übrigens auch nicht immer, nur wenn er das Bedürfnis hat oder meint, ich habe das Bedürfnis. Immerhin gibt er zu, daß er keine Frau sein möchte. Ich bin aber eine. Oder wenn eine Frau, so sagt er, dann schon lesbisch. Das bin ich aber nicht. Wenn er sich in mich versetzt, kommt es zum Vorschein: ich sei eben faul (gemessen an ihm), weil er's für Arbeit hält, wenn er bastelt an seinem Plexiglas; ich sei emotional, weil er sich für rational hält, sobald er nicht einverstanden ist. Immer dasselbe. Ich sei mütterlich und identifiziere mich mit den Kindern, wenn er sie aus dem Atelier wirft; ich sei nicht dumm (immer gemessen an ihm), umso dümmer findet er es von mir, daß ich etwas nicht einsehe, was ihm recht gibt. Ich könnte ihn umbringen. Es gibt eine einzige Frau, der er sich unterwirft: LA MAMMA in Bologna. Daß junge Frauen, nicht nur June, die er selber nicht ernstnimmt, auf ihn hereinfallen, macht mich nicht eifersüchtig, es verhindert bei ihm nur jeden Lernprozeß. Ich sei possessiv; dabei verlange ich gar nicht, daß er sich in mich versetzt; dann sagt er, ich habe Qualitäten (gemessen an ihm), beispielsweise findet er's eine Qualität, daß ich animalisch sei usw. und irisch. So etwas spricht er aus. Die Frau, sagt er öffentlich, sei ihrem Wesen nach konservativ. So etwas glaubt er tatsächlich noch. FREE OUR SISTERS, da macht er wieder mit, wenn sie im Gefängnis sind. Ich sei ja frei. Und wenn ich drohe, daß ich ihn verlasse? Plötzlich kommt er mit Strindberg, was für mich das Letzte ist, die Briefe ausgenommen. Helen sagt: wir müssen nicht diskutieren, wir müssen Fakten schaffen. Jetzt schnarcht er, dieser einunddreißigjährige Patriarch, einverstanden mit Norman Mailer, den ich nicht lesen werde. Man weiß seit dreitausend Jahren, wie sie denken. Sie haben nichts dazu gelernt. Joe jedenfalls nicht. Gertrude Stein findet er groß, aber er würde sie nicht aushalten, sage ich; schon mit mir hält er's kaum aus. Jetzt schnarcht er, weil er, sobald er schläft, den Mund nicht schließen kann – wie ein Baby.

(1971)

Gestern in der Nachbarschaft

NEW YORK, Februar

Die amerikanische Television (Channel 2) sowie die NEW
YORK TIMES melden heute, 8. 2. 1971, daß in der Schweiz,
»world's oldest democracy«, gestern das Frauenstimmrecht
eingeführt worden ist.

NEW YORK, März

Man erwacht, geht auf die Straße und überlebt. Das macht
fröhlich, fast übermütig. Es braucht nichts Besonderes vor-
zufallen; es genügt die Tatsache, daß man überlebt von Alltag zu Alltag. Irgendwo wird gemordet, und wir stehen in einer Galerie, begeistert oder nicht, aber gegenwärtig, und es
ist nicht gelogen, wenn ich antworte: THANK YOU, I AM
FINE!

Um 03.30 erwacht wegen einer Detonation. Doppelknall
durch Echo. Wenige Minuten später die Polizei in der andern Straße; ich bin zu müde, um lang am Fenster zu stehen;
auch sieht man ja nichts, nur an den Fassaden diesen Wi-
derschein des blauen Kreisellichts. Im Halbschlaf meine ich:
jemand hat jemand niedergeschossen. Stimmen. Dann ein
Geräusch, das fast ein Stunde lang anhält: Glas, das in Scherben fällt, und Scherben, die geschaufelt werden. Schlafen
gelingt nicht; wenn ich die Augen aufmache: an der Zimmer-
decke noch immer das Kreisellicht von den Polizei-Wagen,
bis ich doch einschlafe ... Es war in der NEW SCHOOL an
der 11. Straße, eine kleinere Bombe, Zerstörung im Vesti-
bül; im Foyer, wie täglich, die Schüler (Erwachsene) an der
Bücherausgabe. Als ich den Türmann frage nach dem mög-

lichen Bombenzweck, zuckt er die Achsel. Nichts Neues. Das kommt vor.

Im FILLMORE-EAST, vor einem Jahr, wurde plötzlich eine psychedelische Lichtschau unterbrochen, ein Rocker trat an die Rampe mit der Bitte, wir möchten unter den Sesseln nachsehen, ob irgendwo eine Bombe liege. Es sei ein Anruf gekommen. Das Theater faßt 2884 Zuschauer. Die meisten beugten sich kurz, um unter ihren Sessel zu gucken, wie wenn eine Dame ihre Handtasche vermißt; andere blieben in ihren Sesseln liegen, offensichtlich in Trance. Nach drei Minuten setzte die Band wieder ein. Ich fragte den jungen Nachbarn mit Jesus-Haar und lieben Augen, wieso eine Bombe gerade hier. Antwort: »For no rational reason«, und als ich noch nicht verstand: »You know, in these days –«.

Seminar über Erzähler-Position:
a) Homer
b) Evangelisten
c) Don Quixote
d) Anna Karenina
e) heute.

Wo politisch nichts zu machen ist: Sekten aller Art, Krischna-Kinder usw., Eklektizismus der Heilslehren. Man kann nicht mit dem Kopf durch die Wand; aber man kann ihn schmücken mit dem bunten Indios-Bändel. Sie sehen malerisch aus. Was ein revolutionärer Impuls gewesen ist, verkommt in Verinnerlichung, Verwahrlosung des Willens, Verwahrlosung des kritischen Bewußtseins. Wäre nicht die wachsende Kriminalität infolge Drogensucht, die Macht-Inhaber brauchten sich nicht zu sorgen: ihre revolutionären Kinder zerstören sich selbst.

Gestern in der Nachbarschaft (9. Straße) ein junger Mann ermordet. Heute wieder unter Soziologen. Es gibt wenig, was sie nicht sofort in ihre Sprache übersetzen. Der Mensch hat die Wahl zwischen Lehren.

Wanderung nach der Tagesarbeit durch das Dickicht der Städte, »von denen bleiben wird, der durch sie hindurchging: der Wind –« er fegt und wirbelt den Kehricht durch die Straßenzüge, die aussehen wie nach einer Schlacht. Rost und Vergammelung, Häuser als Unrat. Anderswo sprießen neue Hochhäuser, nicht weit von hier. Trotz der Öde in diesen Straßen hat man keine Angst; ab und zu eine Limousine. Die Angst wohnt dort, wo auf Spannteppich der Türhüter steht mit weißen Handschuhen. Hier keine Verkehrsampeln, man kann wirklich wandern. Ein blauer Abend; Flugzeuge ziehen ihren braunen Schleier von Düsen-Gift über Manhattan. Hier ist nicht einmal Slum; Ruinen am Rand der Verzinsung, es lohnt sich da der Abbruch nicht; das Kapital verzinst sich zurzeit anderswo. Hier ist nur Boden, Eigentum an Boden, den die Natur sich zurückholt mit Unkraut: Lagerschuppen von einst, sie sind längst eingestürzt, teils ausgebrannt. Nicht einmal Hunde machen sich hier noch eine Hoffnung. Eine Hochstraße; daran sieht man, daß man in der Weltstadt ist und nicht am Ende der Zeit. Ich weiß nicht, was es ist; alles zusammen macht mich fröhlich, wenn ich hier wandere. Wir kommen ans glitzernde Wasser, aber aus der Nähe ist es eine schwärzliche Kloake, Kähne mit Bagger gegen die Verschlammung; Namen erinnern noch an die Holländer, die einmal hier gelandet sind; die Mole ist verfault, Sonnenuntergang hinter braunem Rauch.

Wenn es klingelt, öffne ich einfach die Türe. Noch immer nichts gelernt. Mann mit Werksack, den ich frage, was er

wünsche; und als sich ihn nicht verstehe, tritt er ein. WIN-
DOWCLEANER! Er putzt zehn Minuten lang, verlangt 9 Dollar. Vermutlich schickt ihn die Hausverwaltung. Nachher
höre ich, daß ich Glück hatte; aber er hat tatsächlich nur
Fenster geputzt.

Man weiß von den Kriegsverbrechen durch Zeugen, die im
Fernsehen (Channel 13) befragt werden und berichten, was
sie in Vietnam verrichtet haben unter der Order: Es werden
keine Gefangenen gemacht. FREE FIRE ZONE: es darf alles
getötet werden, inbegriffen Kinder. Belohnung für drei getö-
tete Vietnamesen: eine Woche Urlaub am Meer. Als Beleg
dafür, daß man Tote gemacht hat, bringt man Ohren oder
Genitalien. Keiner der Zeugen, die ihren Namen und ihren
jetzigen Wohnort angeben, kann sich erinnern, daß jemand
für Schändung an Gefangenen bestraft oder auch nur ver-
warnt wird. Die öffentliche Versammlung leitet ein Colum-
bia-Professor für Rechtslehre. Wenn nicht getötet wird, so
nur aus einem einzigen Grund: zwecks Verhör, wobei jede
Art von Folter vorkommt, übrigens auch sexuelle Befriedi-
gung an Frauen und Männern, bevor sie erschossen werden.
Die Vorkommnisse, von den jungen Zeugen als übliche Vorkommnisse geschildert, werden datiert: 1967, 1968, 1969,
1970. Obschon sie jetzt aus einem andern Bewußtsein sprechen (alle sehr sachlich), bleibt ihnen, wenn sie von Vietnamesen sprechen, der Ausdruck: THE GOOK. Auf die Frage
von Presseleuten, ob ihnen der verbrecherische Charakter sol-
cher Kriegführung bewußt gewesen sei, geben alle zu: man
gewöhne sich bald daran. Was geschieht, wenn einer nicht
mitmacht? Der junge Mann, jetzt kaufmännischer Angestell-
ter, zuckt die Achsel: Strafversetzung, ein weiteres Halbjahr
in Vietnam. Man werde eben ein Tier. Es ist ihren Gesichtern nichts anzusehen davon. Im allgemeinen werden die Ge-

fangenen von vorn erschossen, aber zur Abwechslung kann man sie auch an einen Helikopter binden und aus einer gewissen Höhe fallen lassen. Ein alter Herr protestiert gegen die Zeugen: Sein Sohn, sein einziger Sohn, sei in Vietnam gefallen, er wollte den Dienst verweigern damals, aber er, der Vater, habe ihm gesagt, daß er für sein Land und für die Freiheit kämpfe, und das habe er getan, sein einziger Sohn. Dann weint er. Der Vorsitzende bittet um weitere Fragen –

(1971)

Wall Street

Lunch im sechzigsten Stock ... Schon im Lift (Türen in Chrom oder Messing?) lauter Herren zur täglichen Arbeit gekleidet wie zu einem Konzert: dunkelgrau bis schwarz, kaum blau. Trotz Gedränge im Lift (es ist gerade Mittagspause) Physiognomie der unverbrüchlichen Korrektheit. Ihre Haut ist glatt-rosig und meistens straff, ihr Blick sehr wach, ihre Stimme nicht sanft, aber gediegenmännlich; ein gelegentliches Lachen kann kräftig ausfallen, jungenhaft im Gegensatz zu ihren sehr gelassenen Gesten. Auch mit den Händen in den Hosentaschen sind sie Herren. Empfang in der Lobby:

Ich habe es zum Schriftsteller gebracht, daher diese Einladung, die andern sind Herren vom diplomatischen Dienst, wir blicken gemeinsam auf die niedrigeren Wolkenkratzer von Wall Street zwischen den beiden Flüssen, sofort einig: Ein grandioser Blick. Unser Gastgeber, obschon an diesen Blick gewöhnt, läßt uns Zeit zu staunen. Leider ein dunstiger Tag; sonst sähe man auch Brooklyn usw. Wer hier zum Lunch antritt, muß schwindelfrei sein; Leute in den Straßen, wenn man hinunter schaut, bewegen sich wie Maden oder Läuse. Eigentlich muß man nicht hinunterschauen. Spannteppich, Glas, Blattpflanzen. Hier ist es still: Manhattan als Panorama hinter Glas. Lauter Herren treffen hier lauter Herren, eine intakte Welt, übrigens keine alten Herren, kein Dikker außer mir; offensichtlich haben sie wenig Zeit, dennoch keine Hast. Sie sind an das Bewußtsein gewohnt, daß ihre Zeit sehr kostbar ist. Ich bin nervöser; man wagt hier nicht zu zweifeln. Die Unterstellung, daß man irgendwie einverstanden sei, ist lautlos wie das Gehen auf Spannteppich. Nur meine Hose, Manchester ohne Bügelfalten, paßt nicht so recht; das erhöht aber die Ehre meiner Zulassung. Man geht gruppenweise zum Lunch. Chambre séparée mit einem runden Tisch, Kunst an der Wand, wieder Ausblick auf Manhattan. Leider ein dunstiger Tag, aber das sagten wir einander schon; immerhin sieht man die Freiheits-Statue. Es gibt Wasser mit Eis, keinen Alkohol; die Finanz hier ist puritanisch, dabei munter. Neuigkeit vom Tag (nebenbei): die russische Zaren-Familie sei nicht umgebracht worden, sie lebe noch heute, heißt es, irgendwo in Amerika. Wenn das stimmen sollte, so handelt es sich um Vermögenswerte, die in London liegen, Millionen von alten Rubeln. Das Menü weiß ich schon nicht mehr. Vier der Gäste sind Deutsche; die Frage: wer wird Kanzler, Barzel oder Schröder? Dabei kein unartiges Wort gegen Bundeskanzler Willy Brandt; man hält es für möglich, daß die sozialdemokratische Regierung sich hält bis zu den Wahlen. Trotz der Ost-Politik. Es sei denn, daß sie vorher an der Wirtschaft strauchelt. Franz Joseph Strauß kommt nicht ins Gespräch, obschon er neulich hier war und von zwei Dirnen ausgeraubt wurde. Schröder liegt im Rennen vor Barzel, so höre ich und kann dem amerikanischen Gastgeber versichern, daß mich das Thema durchaus nicht langweilt; die Herren wissen viel, was man als Zeitungsleser nicht ohne weiteres weiß. Die Kunst, die THE CHASE MANHATTAN BANK sammelt, habe ich schon bemerkt. Liechtenstein, Lindner, Dine, Fontana, Glarner, Bonnard, Dali, De Koning, Sam Francis, Hartung, Segal, Albers, Calder, Goya, Vasarely, Steinberg, Pomodoro, Beckmann, Nevelson usw. kenne ich aus Galerien. Was mich mehr überrascht: daß von einem USA-Imperialismus nicht die Rede sein kann. Habe ich etwas gesagt? Nach den Erfahrungen in Indochina sei eher zu befürchten, daß das amerikanische Volk wieder zum Isolationismus neigt, d. h. daß die amerikanische Hilfe in Latein-Amerika sich vermindern könnte. Was dann? Über Theater habe ich wenig zu berichten. Wenn Imperialismus, dann mache ihn die UdSSR (was ich nicht bestreite) und verliere Unsummen in den arabischen Ländern, wie der Gastgeber sagt: Zum Glück. Eigentlich ist das nicht unser Lunch-Thema. Wir haben keins. Zum WORLD TRADE CENTER im Bau, 432 Meter hoch, ist auch nicht viel zu sagen, obschon es vor dem Fenster steht; es holt 85 000 weitere Pendler herein, Leute, die ihre Lebenskraft im täglichen Verkehr verbrauchen. Wer sollte das verhindern können? Dann habe ich immer die Frage an die Fachleute: Warum ist Gold eine Deckung? Was vermag Gold, verglichen mit Öl oder Arbeitskraft usw.? Die Antwort fällt verschieden aus; einmal sagte ein schweizerischer Bankier, Gold sei ein reiner Mythos. Heute die Antwort: nichts in unserer Welt sei sicher außer Gold, das seit Menschengedenken seinen Wert bewahrt und bewahren wird. Wieso? Wirtschaft ohne Gold sei nur denkbar mit einer Staatswirtschaft, also Diktatur; die freie Wirtschaft hingegen verlangt einen Hort, Stabilität, auch eignet sich Gold (nicht zu vergessen) für Juwelen usw. Mein Unverständnis ist der Unterhaltung nicht förderlich. Was ich zurzeit schreibe? Daß es unter den Hippies auch Idealisten gebe, bestätige ich ohne Umschweife; auch daß die Schweiz keine Unruhe hat. Wir speisen mit Pausen. Es wäre tolpatschig, Vietnam zu erwähnen. Sie wissen mehr. Keiner an diesem Tisch repräsentiert die Macht; sie sind nur eins mit ihr, insofern klug. Befragt nach den Erfahrungen mit »meinen« Studenten, kann ich versichern, sie sind artig, keine Kontestation. Ich nehme Kaffee. Am andern Bogen unsres Tisches sind sie gerade bei Japan: Eroberung des Marktes durch niedrige Preise, aber auch in Japan werden die Löhne steigen. Sie wissen Zahlen. China? Sie wissen Zahlen. Sie sind sicher, daß es in der Weltgeschichte keine andern Motive gibt als Profit. Leider gibt es keine Zigarren, auch müssen die

Herren wieder an die Arbeit. Ich bedanke mich redlich; es war interessanter für einen Schriftsteller, als sie meinen. Der Gastgeber läßt es sich nicht nehmen und bringt uns noch in eigner Person zur Subway hinunter; Marmor bis zum Schalter, dann geht man durchs Drehkreuz – hinaus.

(1971)

Alles ist Park

Zum ersten Mal gesehen ein Stinktier in Freiheit, das nachts im Park umherläuft; man soll ihm aber nicht zu nahe kommen, sagt der freundliche Gastgeber, Germanist am Rand der Prärie, Dekan. Der Flug war lang, wie von Zürich nach Moskau, aber dann landet man bei der gleichen Bier-Marke. Austin ist also die Hauptstadt von Texas; nicht Dallas, wie ich gestern noch gemeint habe. Die klassizistische Capitol-Kuppel, nachts von Scheinwerfern erhellt, bezeugt das. Wann gebaut? Hier schon Sommer, Oleander im Verblühen. Alles ist Park. Nicht eigentlich eine Stadt; die Vergeudung von Fläche ergibt nichts Urbanes, nur eine Oase des Komforts.

Unlängst, vor einem Jahr, ist ein junger Mensch auf die Kuppel gestiegen. Ein Irrer mit Maschinenpistole, um blindlings auf den weiten Platz hinunter zu schießen in die Menge und Kommilitonen zu töten –

Verlegenheit in dem schönen Motel; alles ist da, wovon der Mensch sich einreden lassen könnte, daß er's braucht. Sie sind alle so freundlich, die Menschen, dann auch die Einrichtungen. Nichts bequemer als leben. Draußen (so stelle ich mir vor) die Prärie; aber hier gibt es alles und sauber, Park auch hier, Sommernacht mit glänzenden Wagen reihenweise und Lichtschriften. Alles sehr bekannt, nicht vertraut, aber durchaus bekannt; ich weiß nicht, wo ich bin. Kein Hier. Ich habe keine Wünsche (sie haben mich nochmals gefragt), nur eine gelassene Panik.

Lieutenant Calley wird schuldig befunden, bei My Lay mindestens 22 vietnamesische Zivilisten ermordet zu haben. Ohne Befehlssnotstand. Es bleibt noch die Frage: Todesstrafe oder Gefängnis? Schon gegen den Schuldspruch erhebt sich nationaler Protest. Einer schreibt auf seine Limousine: I KILLED IN VIETNAM, HANG ME TOO. Der junge und auf Fotos weiche Lieutenant hat nicht mit Schuldspruch gerechnet, kann nur beteuern, daß er seinem Land gedient habe, und dem Gericht wird heute vorgeworfen, es verletze die Ehre der Soldaten, 60 000 Telegramme in diesem Sinn, nachdem die Todesstrafe nicht verhängt worden ist. Zuerst Agnew, dann Nixon ermahnen die Justiz.

Vortrag über Bertolt Brecht.

[...]

Zum zweiten Mal hört man von einem intellektuellen Amerikaner; die einzige Chance für ihre Nation, daß sie sich finde, sei die militärische Niederlage in Indochina, kein diplomatisches Arrangement, sondern die evidente Niederlage.

Dichter aus Chile, bislang Diplomat, aber unter der linken Regierung von Allende nicht mehr tragbar, sucht ein Haus im Tessin, Schweiz, bis wieder bessere Zeiten kommen, oder bei Salzburg –

Ein junger amerikanischer Schriftsteller, Sohn aus reichem Haus, Navy-Lieutenant in Vietnam, wünscht Rat, ob Irland oder Provence oder Sizilien; er muß weg. Als er aus Vietnam zurückkam, machte er ein Vermögen im stock market. Kein Kunststück, sagt er, wenn man die Einlage hat. Er erzählt nicht, was er in Vietnam gesehen hat; nur dies: die Offiziere haben nicht mehr zu ihm gesprochen, auch die Mannschaft nicht, nachdem er, in einem humanistischen Elite-College erzogen, nicht hat fassen können, was dort erlaubt ist. Darüber also will er schreiben; nicht über die Vorkommnisse, die als Krieg bezeichnet werden und bekannt sind, sondern über seinen Schock. Hier, so meint er, verliert man auch noch den Schock, er möchte unter fremde Leute, die es nicht glauben (wie er es nicht glaubte) oder denen es wenigstens nicht selbstverständlich ist.

WASHINGTON SQUARE, das erste Grün an den Bäumen, man hat es ihrem grauen Skelett nicht mehr zugetraut. Frühling, ja, du bist's ... Gestern sah ich nur Zerfall, Aussatz, lauter Gesichter mit kranker Haut, Gesichter von jungen Leuten, die Stadt eine einzige und gigantische Schwäre – es stimmt nie, was ich denke, nie länger als einige Stunden oder höchstens einen Tag lang. Heute zum Beispiel: dieser Morgen in diesem schütteren Park vor diesen zierlichen Fassaden, wo Patricia wohnt, und dieses Licht, diese Leichte der Wolkenkratzer im blauen Dunst, vorher die Liebenswürdigkeit beim Drugstore-Frühstück, heute schwänze ich, froh, daß wir hier sind. Hier sitzen und lesen auf einer öffentlichen Bank; ein Alter spaziert, bleibt stehen und spricht mich an, um seine Pfeife mit meiner zu vergleichen, dann tauschen wir Tabak. Einige jüngere Schwarze lungern an der Sonne. Lungern sie? Es ist ungewiß, ob irgend etwas los ist. Einer setzt sich neben mich, nahe wie in einem Bus, obschon die Bank leer und lang ist. Zigaretten habe ich leider nicht. Er bleibt aber, holt eine zerknüllte Zigarette aus seiner Tasche, wortlos. Feuer habe ich. Unter seiner scheckigen Joppe: ein Foto-Apparat erster Klasse mit Tele-Objektiv. Was will er? Ein Mädchen führt seinen Hund aus, ein Edeltier, das Mädchen von letztem Schick, blond mit violetter Sonnenbrille. Jetzt ist er aufgestanden, der Schwarze neben mir, schlen-

dert rechts um den Brunnen, so daß das Mädchen auf ihn zu-
kommen wird. Was will er? Aber er irrt sich; der Hund will
jetzt einen andern Weg, und die Einkreisung mißlingt unauffällig. Keine Polizei. Das Mädchen beschleunigt übrigens
die Schritte nicht, bleibt sogar stehen, wo der Hund einmal
schnuppert, und jetzt stehen die andern ebenfalls falsch im
Park, sie müßten laufen, um dem damenhaften Mädchen
noch in den Weg zu treten, bevor es durch den Torbogen ent-
schwindet. Ich gehe auch; vielleicht ist mein Buchladen jetzt
offen. Hier, in der 8. Straße, wieder eine Halbwüchsige mit
kranker Haut, die bettelt: nicht aus Hunger. Marihuana tät's
auch. Sie blickt verschwommen: YOU KNOW, DON'T YOU.
In einem Schaufenster (unter anderem) die Vagina-Vibrato-
ren aus Plastik mit elektrischer Batterie.

Abend bei einem Studentenpaar. Er, der Gedichte schreibt,
arbeitet tagsüber in Brooklyn: Kampf dem Analphabetismus.
Gibt es das? Immer mehr, sagt er, heute 7 %. Hauptsächlich
Puertoricaner, Staatsbürger der USA, Muttersprache zu Hause spanisch; die Lehrer verstehen aber nur englisch. Nachher
können sie weder lesen noch schreiben. NO EXIT, WALK,
STOP, BUS, NO ENTRANCE, CLOSED usw., sie wissen natürlich aus Erfahrung, was diese Schilder bedeuten, aber
buchstäblich können sie nichts lesen, Leute von 20 und 30
Jahren. Was bleibt ihnen als Arbeit? Sie können gerade das
Schriftbild ihres eigenen Namens nachzeichnen. Um ihre Intelligenz zu testen, gibt er ihnen beispielsweise eine Kamera;
das Ergebnis sei oft erstaunlich: was sie sehen, wie sie sehen.
Aber von Jahr zu Jahr, wie gesagt, gibt es mehr Analphabe-
ten in Greater New York.

6. 4. 71. Dinner mit Jorge Luis Borges. Der Dichter ist 72 und
blind, monologisch; wenn die andern am Tisch sprechen,

sieht er ja nicht, wer jetzt zu ihm spricht, und so ist es ihm wohler, wenn er wieder selber spricht. Dann und wann fragt er höflich, wer jemand sei, sein offenes Auge ins Leere gerichtet. Sein großes Wissen. Grandseigneur. Er trägt seinen Ruhm wie einen Ruhm von Geburt, unbeflissen und selbstverständlich. Die Tischnachbarin zeigt ihm, welches Glas mit Wasser gefüllt ist, welches mit Wein; dann macht er's mit dem Gedächtnis. Als es auskommt, daß ich Schweizer bin, weiß er sogar Mundartliches: »Das isch truurig.« Überhaupt ein manischer Linguist. Er hat Gottfried Keller im Original gelesen. Er schätzt (indem er mich anzublicken meint) mein Land: Gstaad, Wengen, Grindelwald, was alles ich nicht kenne. Aber eigentlich spricht er ausschließlich über Literatur in einem sehr guten Englisch.

(1971)

School of the Arts

Die schwarzen Studenten fühlen sich in der Klasse unverstanden und ungerecht kritisiert von den weißen Lehrern und Schülern. Zusammenkunft in einem überheizten Saal. Schon vor der Aussprache trennen sich die Schwarzen demonstrativ von den Weißen. Der Leiter der Schule, Frank MacShane, muß bitten, die Sessel näher zu rücken, damit sich ein Kreis bildet. Es sind nur 6 schwarze Studenten da; sie entschuldigen die Säumigen mit dem Vorwurf, man habe eine unmögliche Zeit gewählt. Ein anderes Datum, das allen schwarzen Klägern passen würde, ist nicht auszumachen. Was ist vorgefallen? Sie kichern, die schwarzen Studenten, und geben einander Blicke der Einigkeit, daß schon die Frage lächerlich ist. Die Lehrerin, eine gebürtige Jüdin aus Wien, könne ihre literarischen Arbeiten nicht beurteilen, weil sie keine Schwarze ist. Ich habe früher eine Klasse besucht: die eingereichten Texte waren konventionell, nicht ungeschickt, die literarische Kritik äußerst zurückhaltend. Wortführer der schwarzen Studenten ist vorerst ein schwarzer Lehrer, Schriftsteller ohne Erfolg; seine These: Alle Kunst ist Propaganda, alle Propaganda ist Kunst. Was die Weißen nicht verstehen können. Eine gescheite und (wie ich von der Lehrerin höre) sehr begabte schwarze Schülerin gibt jetzt Beispiele: ihre Arbeit wurde gelobt – sie lacht; gelobt! – wogegen die Arbeiten ihrer Rassengenossen oft kritisiert werden. Was ist literarische Qualität? Ein weißer Begriff. Der Einwand, daß es objektiv-literarische Kriterien gebe, löst wie jeder Einwand nur ein dünnes Kichern aus, Kichern mit kaltem Blick an den Partnern vorbei. Auch wenn sie sprechen, blicken sie die Weißen nicht an. Shakespeare ist ein Rassist, ein Weißer, untauglich für sie. Die Bemerkung eines weißen Schülers, schließlich gehe es doch um Sprache, nicht um das Inhaltliche, bringt Sturm. Als die Lehrerin wenigstens um Vertrauen in ihren guten Willen bittet, ist das Gelächter offen. Jetzt wird die Aussprache unverblümt, aber unverblümt nur von der Seite der schwarzen Studenten. Jeder Weiße kann sagen, was er will; er ist ein Nachfahre der Sklavenhalter. Immer wieder: Ein Weißer kann einen Schwarzen nicht kritisieren, denn wir stammen aus einem Erdteil, wo der weiße Mann nie gelebt hat. Was sie in der Klasse also tun soll, fragt die Lehrerin; Antwort: »We don't have to solve your problem!« mit einem Gelächter, das eher behaglich tönt. Vom Leiter der Schule aufgefordert, vielleicht auch ein Wort zu sagen, versuche ich zu sagen, wie Brecht sich Literatur im Klassenkampf vorgestellt hat. Sie wissen von Brecht, daß er ein Weißer ist. Auch die Zustimmung, daß l'art pour l'art immer die Kunst der herrschenden Klasse ist, bringt es nicht zustande, daß sie den Sprechenden je anblicken. Sie sind keine Linken; sie sagen: Auch ein schwarzer Millionär ist einer von uns. Einige sagen übrigens gar nichts; Statisten der Arroganz. Wie weiter? Wie sie nach langem Hin und Her zugeben, hat die Lehrerin nie gesagt, es gebe keine schwarze Literatur; trotzdem bleibt der Tatbestand, daß sie sich gedemütigt fühlen. Kritik an ihren Texten sei nur zum Schein literarisch, im Grund aber rassistisch. Forderung nach schwarzen Lehrern. Nur gibt es sie zurzeit nicht. Dann wieder Hohn über die weißen Kollegen, deren Problem nur die Literatur selbst ist: »your short stories about nothing«. Die Rechtfertigung des jungen Weißen, daß auch er (sofern die schwarzen Kollegen ihn ausreden lassen) – daß auch er einen Konflikt darzustellen versucht habe, nur nicht gerade den Rassen-Konflikt, erzeugt ein kollektives Ausatmen stummen Hohnes: Das ist es ja! Jetzt dreht es sich nur noch im Kreis. Die bedrängte Lehrerin verteidigt sich unerheblich, erstens: daß sie sich keiner demütigenden Bemerkung bewußt ist; zweitens: daß sie einen weißen Studenten mit den gleichen Worten auf den gleichen Kunstfehler aufmerksam gemacht habe, drittens: daß sie das Mädchen, das gescheite, sehr gelobt habe. Das Mädchen: Haben die Weißen darüber zu befinden, was uns verletzt, was nicht? Auch das Lob, das sie bekommen hat, ist rassistisch: man ging nämlich nicht auf die Erfahrung der Schwarzen ein, sondern lobte bloß literarisch. Und dann macht sie die Handbewegung der Lehrerin nach: eine weiße Handbewegung. Ihre Rassengenossen lachen wie die Kinder. Warum sie trotzdem diese Schule besuchen, erfahre ich nicht. Übrigens sprechen sie selber von Paranoia; da arbeitet jemand, ein Schwarzer, an seinem ersten Roman, und dann geschieht etwas auf der Straße (YOU KNOW), tagelang kann er nicht weiterarbeiten an seinem Roman, wie gelähmt ... Zum Schluß verbröckelt die Zusammenkunft; die Weißen stehen ratlos; das scheint den schwarzen Studenten für heute zu genügen.

P.S.

Wochen später Party bei Frank MacShane; der schwarze Lehrer ist auch dabei, ein handgroßes Afrika-Emblem auf der Brust. Was er von jenem Treffen denke? Seine Schadenfreude, daß ich den Weißen wenig nützlich war –

(1971)

Aufmarsch der Kriegsgegner

23.4.71

Junge Männer mit und ohne Bart, Vietnam-Veteranen, warfen ihre Medaillen auf die Treppe des Capitols in Washington; jeder einzelne meldet seine Dienstzeit, seinen Namen, dann reißt er sich die Auszeichnung vom Hals und spricht einen Fluch oder nichts.

24.4.71

Aufmarsch der Kriegsgegner in Washington; man schätzt 300.000. Hauptsächlich Leute zwischen zwanzig und dreißig. Zwischen den Reden ein Song von Pete Seeger: THE LAST TRAIN TO NUREMBURG. Massentreffen ohne Schlägerei, ohne Zerstörungen. Die Reden sind einhellig Protest gegen den schmutzigen Krieg, gegen die Verarmung der Armen durch den Krieg, gegen Ungerechtigkeit. Attacken gegen Nixon und Agnew und FBI-Hoover, aber Glaube an die amerikanische Demokratie, ALL POWER TO THE PEOPLE, Hoffnung ohne politische Doktrin; der Tenor bleibt moralisch, und die Menge harrt aus, brüllt nicht, manchmal hebt sie wieder die Hände mit dem Friedenszeichen, dazwischen vereinzelte Fäuste, PEACE NOW, Forderungen werden freundlich beklatscht. Es sprechen die Witwe von Martin Luther King, sein Nachfolger, die Mutter von Angela Davis, ein weißer Senator, Studenten. Die Gesichter aus der Menge, die das Fernsehen zeigt, sind brav und ordentlich, naiv. Keine revolutionäre Menge, nein, das ist es nicht; es tönt eher wie in einer Sekte: BROTHERS AND SISTERS, ernst angesichts von Kriegsverbrechen und Luftverschmutzung, alles in allem rührend. Ohne radikale Kritik am System. Präsident Nixon weilt in seinem Landhaus weit weg; kein Vertreter der Administration stellt sich einer Gruppe von Kriegskrüppeln aus allen Teilen des großen Landes.

[...]

Ausflug aufs Land, UPSTATE NEW YORK, und wie immer bei solchen Ausflügen: Wo ist man jetzt eigentlich? Landschaft der Indianer, aber nur Schlangen soll es noch geben. Paradies ohne Leute. Ein Schild an Bäumen: Verbrechen auf diesem Eigentum werden von der Polizei geahndet. Haus aus Holz, weiß auf grünem Rasen in einem Park, der ringsum übergeht in Wildnis, ein großer Teil vermutlich mit Fischen und wieder das Schild: Verbrechen auf diesem Eigentum usw. Nach einer friedlichen Weile sehen wir tatsächlich einen Fisch, sogar zwei. Der Besitzer reist in Europa. Oder in Ägypten? Das Schild meint nicht uns; wir haben den Schlüssel zum Haus, Erlaubnis, all diese Natur zu benützen. Einiges blüht gerade. Unser Begleiter, ein jüngerer Professor der Soziologie, war schon öfter als Gast hier, findet auch einen Büchsenöffner. Wenn man vor dem Haus sitzt: einmal ein Hase, sehr schöne Vögel, ein weißes Pferd grast allein in der Gegend. Alles Eigentum, soweit man sieht. Zwei Stunden von Manhattan. Nacht mit Pfiffen einer Eisenbahn, aber keine Schritte: keine Diebe. Am andern Morgen sind alle Hügel noch da, auch der Teich, die Vögel usw.

[...]

YALE UNIVERSITÄT, 5. 5. 71

Ohne Fernsehen im Hotel befände man sich in einem Idyll mit gotischer Architektur. Gang durch Buchläden; alles zu haben: Georg Lukács zum Beispiel, Germaine Greer (THE FEMALE EUNUCH), Beckett, Solschenizyn, Borges, James Baldwin, Freud, Hermann Hesse, Fanon usw. Es ist ein Land der Denkfreiheit ... Im Fernsehen: wieder eine Antikrieg-Demonstration in Washington. Keine Gewalttätigkeiten; nur blockieren sie, die Andersdenkenden, den Zugang zum Kongreß und zum Justiz-Palast, worauf die Ordnungskräfte (Polizei, Nationalgarde, Fallschirmtruppen) weiter verhaften: »without making specific individual charges of wrongdoing«. Eine Hochzeitsgesellschaft, zum Beispiel, kommt auch in das Massenlager, sie feiern da ihre Hochzeit. Seit vier Tagen insgesamt 12 700 Verhaftungen.

Brownsville

Leute wohnen hinter Pappe, die die eingestürzte Hauswand ersetzt, ringsum Trümmer, Schutt, Tümpel usw., Gewimmel von schwarzen Kindern auf dem Schutt oder in einem Fenster mit Fliegengitter. Man kennt es von Foto-Büchern. Was heißt Slum? Da sind bürgerliche Fassaden von (Brownstone) wie in einer Menschenstadt, einmal sogar eine Allee; da und dort eine öffentliche Schule, Spielplätze mit Gerät beispielsweise für Korbball; am Horizont sieht man Manhattan. Ehedem ein Bezirk jüdischen Mittelstands; Orthodoxe aus dem Osten, die ausgezogen sind, aber es gehören ihnen noch die Häuser, die Läden, der Boden, der durch die Armut der Schwarzen entwertet ist. Der Entwertung folgt der Zerfall. Es gibt Ruinen, die keinen Eigentümer mehr haben, so wertlos sind sie. Die Synagogen sind vermietet für andere Zwecke. Nur die Schwarzen, die ein Einkommen finden, können die Häuser instand halten; das sind wenige. Geblieben ist das JEWISH BROOKLYN HOSPITAL für 90 000 verwahrloste Einwohner, COMPREHENSIVE APPROACH TO CHILD HEALTH, eine gute Sache, ein tapferes Unternehmen – man kann nur nicken, ich weiß nicht, wo ich all dies schon gesehen habe, jeweils geführt von einer weißen Ärztin oder einem Arzt, denen ich in Hochachtung folge – 4000 Kinder werden hier betreut; eins ist gerade im Spielzeugzimmer zu sehen, ein Junge mit Kruselhaar und den großen Augen, der zu der blonden Ärztin, wie ich sehe, Zutrauen hat. Im Korridor lerne ich etwas Sozial-Pathologie: Bevölkerung ohne Identität, Alkoholismus, Elend weniger durch Hunger als durch Verwilderung, Arbeitslosigkeit, da keine Ausbildungsmöglichkeiten bestehen, Zerfall der Familie, Analphabetismus usw., und was man hier zu behandeln sich bemüht: die mentalen Schäden der Armut. Ich merke mir: FEDERAL PRO-GRAM, begründet mit Bundesgeldern, dann sollen die einzel-nen Staaten es weiterführen, aber New York hat dafür keine Mittel; Ungewißheit, ob das Unternehmen im nächsten Jahr fortgeführt werden kann ... Es fehlt in der Gegend nicht an Kirchen: ALL ARE WELCOME, ohne Kirchen-Architektur; meistens erkennt man sie nur an einem Kreuz. Auch gibt es Ansätze zu Wohnungsbau, der scheinbar die Lage der hoff-nungslosen Klasse verbessert. Die Straßen sind breit, aber voller Löcher, und wenn es geregnet hat, so sind es Tümpel; der Asphalt schwindet, aber man ist nicht auf dem Land, es gibt Verkehrsampeln. Stadt mit Unkraut. Wenn sie, wie neu-lich, die Wut packt, legen sie Feuer nicht an die Häuser in den fernen Herrschaftsvierteln, sondern an die Häuser hier; da und dort steht wieder eine verkohlte Ruine. Es kann Tak-tik sein; es kommt aber auch vor, daß Kinder ein bewohntes Haus anzünden. Was heißt Obdachlosigkeit. Familien in einem Zimmer. Wie es darin aussieht, kennt man ebenfalls aus Foto-Büchern. Unsere Begleiterin nennt Zahlen, die Äm-ter wissen sie. Ein sommerlicher und heißer Tag; wir verlas-sen aber den Volkswagen nur, wo die Begleiterin, die seit Jah-ren hier arbeitet, jemand kennt. WINSTONS CHICKEN BAR; was man bekommt ist ordentlich. Ein Bier kostet im Ghetto mehr als anderswo. Die Kunden haben ja keine Wahl. Was die Menschen den ganzen Tag machen, ist nicht ersichtlich; keine Fabriken, keine Büros, keine Produktion. Was nichts mehr taugt, bleibt am Straßenrand oder in Höfen, Autos mit offener Motorhaube, ausgeweidet und verrostet, Wracks ohne Pneu, Glas, Polster usw., das Metall verfault leider nicht. Man befindet sich nicht außerhalb der Industrie-Gesellschaft, nicht in Afrika; man wundert sich nicht, wenn die blanken Jumbo-Jets über diese Gegend fliegen. Auch hier eine Ave-nue mit Schaufenstern; man ist nicht in einem andern Land:

die Marken sind die bekannten Marken. Es gibt sogar Banken, kleiner als drüben, aber auch in Marmor, SAVINGS BANK. Kinder haben einen Hydranten öffnen können und freuen sich an der Überschwemmung – am Horizont wieder die Silhouette von Manhattan ... Früher sind sie gekommen, um eine Arbeit zu suchen, Schwarze aus dem Süden; jetzt kommen sie, um von Unterschlupf zu Unterschlupf zu verwahrlosen, frei, ungelernt und arbeitslos. Brownsville ist nicht Harlem; die Nachbarn hier kennen einander nicht. Alle sind Flüchtlinge, wenn auch auf Lebenszeit. Hier gibt es kein Heraus. Es gibt nicht einmal den Traum davon. Rassentrennung durch Elend. Was nicht im Säuglingsalter stirbt, lebt weiter und vermehrt sich, ohne zu wissen, warum es so ist, wie es ist, und Millionen leben von der Wohlfahrt, die zur Fütterung reicht. Der Staat zahlt die Mieten in verrotzten Wohlfahrts-Hotels, die privates Eigentum sind; daran ist nicht zu rütteln: Profit muß sein, sonst geschieht gar nichts in der Welt –

Das alles weiß man.

Einmal zwei weiße Polizisten, die nicht einzugreifen haben; sie gehen so für sich hin, übrigens hier die einzigen Weißen, die zu sehen sind, ausgenommen die weißen Doktoren im Hospital, die ich bewundere; ich frage nach Zahlen: wieviel Tuberkulose, wieviel Selbstmord (wenig), wieviel Alkoholiker, wieviel geistesgestörte Kinder. Es wird ja etwas getan, nein, so ist es nicht, daß gar nichts getan wird; es fehlt nur das Geld, es fehlen ausgebildete Lehrer, es fehlt die Aufklärung; übrigens sind die schweren Krawalle seltener, seit Drogen im Umlauf sind, die Verbrechen zahlreicher. Dann gibt es wesentliche Unterschiede: zwischen puertoricanischen Kindern und schwarzen Kindern, die letzteren können ihre Aggression nicht sprachlich loswerden, nur körperlich.

Sonst noch Fragen?

Besuch bei einer puertoricanischen Familie in einem Turmhaus. Das ist nicht mehr Brownsville, sondern Manhattan. Drei Zimmer mit Küche und Bad, Ausblick in einen Hof. Mutter mit sechs Kindern; vier Töchter in zwei Betten. Ein Sohn hat Hirnschaden, möchte gerne lesen, wird es aber nie lernen können. Der andere Sohn geht zur Schule und arbeitet. Was? Das sagt er nicht genau. Hingegen will er wissen, worüber ich Romane schreibe. Wir werden mit Bier bewirtet. Ein portugiesischer Sankt Martin auf dem Eisschrank, ein blonder Jesus über dem Sofa mit geplatztem Polster. Der Vater ist abgehauen nach Puertorico, und die Familie lebt von Wohlfahrt. Eine Tochter, fünfzehnjährig, ist gekämmt wie für einen Ball und schön; sie hat aber nichts vor; ihr kindliches make-up für einen Traum. Der Sohn will etwas lernen, sagt er, irgendeinen Beruf. Unter sich sprechen sie spanisch. Sie sind Amerikaner; aber zuhause, in Puertorico, gebe es keine Hoffnung.

(1971)

Freiheit, Anstand und Moral

Wir werden siegen, denn die Vereinigten Staaten haben nie einen Krieg verloren. Wehe den Friedensrufern, die nicht mehr an Gott glauben und an den Auftrag, den Gott der amerikanischen Nation erteilt hat!, sagt ein Pfarrer mit Doppelkinn und mit der Bibel in der Hand: Schon Jesus hat gesagt. Sobald der junge Mann, Vietnam-Veteran, sachlich diskutieren will, liest er aus der Bibel, z.B. die Parabel vom guten Samariter: gleichgesetzt der US-Army in Vietnam, in Kambodscha, in Laos oder wo immer; sie helfen den Wehrlosen dort, die von Räubern überfallen werden. Was ist denn das für eine Jugend, die langhaarig vor dem Capitol herumlungert? Und jetzt das Mao-Büchlein aus der Tasche; hier steht's, was Kommunismus ist: sie wollen siegen, um die Welt zu zerstören durch Materialismus. Mao (»this guy«) sagt es ganz offen: sie wollen die USA schwächen. Vergeblich legt jetzt der jüngere Mann einiges dar, historische Fakten betreffend Indochina, die man wissen kann. Was aber sagt Jesus? Zum Beispiel: Wer zum Schwert greift, wird fallen durch das Schwert. Das ist gleichfalls bekannt, aber es bedarf der Auslegung: Zum Schwert gegriffen hat der Kommunismus, und es ist Gottes offenbarter Wille, daß die USA, als das stärkste Land der Welt, sein Gericht vollstrecken muß. Das sagt kein eifernder Prediger, nur ein gelassener Pfarrer im Fernsehen, daran gewöhnt, daß seine Gemeinde ihm beipflichtet. Zum Fall des Lieutenant Calley: Auch Frauen und Kinder und Greise sind unsere Feinde (was der junge Vietnam-Veteran zugibt, aber auch begründet mit der Erfahrung, die das vietnamesische Volk mit den Weißen gemacht hat), und Feinde muß man töten, sagt der Pfarrer, also hat Calley richtig gehandelt, brav und gottesfürchtig, und die Feiglinge im Land, die nach Frieden rufen, helfen nur dem Antichrist, denn es gibt nur Frieden durch Waffen, Frieden durch Sieg der US-Army, denn die Freiheit hat uns Gott geschenkt, und eines Tages wird auch Cuba wieder frei sein, wenn wir an Gott glauben wie unsere Väter, die deswegen nie einen Krieg verloren haben. Der Pfarrer läßt sich von einem bärtigen Intellektuellen, der die Ausrottung der indianischen Bevölkerung erwähnt, nicht irre machen; das waren Siege, Gottes Wille. Ein dritter Mann am Tisch, ehemals Botschafter in Asien, versucht's mit Spaß: ob Gott seine Gnade nur auf ein einziges Volk ausschütte? dann mit der Frage: soll man also Cuba und Chile überfallen? Der Pfarrer ist bescheiden, er will dem Präsidenten nicht dreinreden; als Christ kann er nur hoffen, daß Gott einen unbeugsamen Präsidenten wählt, und betreffend die Gnade-Verteilung auf Völker, Spaß beiseite: jedenfalls kann Gott nichts übrig haben für die Sowjetunion. Denn Gott ist für Freiheit und Anstand und Moral. Wie heißt es in der Bibel? Es gibt nur eins, was den Pfarrer jeweils zu unterbrechen vermag, die nächste Fernseh-Reklame: THE BEER THAT MADE MILWAUKEE FAMOUS. Also die Bibel sagt, und die Pflicht eines jeden Amerikaners ist offenbar: Kommunisten müssen getötet werden, die amerikanischen Gefangenen erlöst, die Bombenangriffe auf Nord-Vietnam fortgesetzt und verstärkt. Ein Hinweis darauf, daß Kriegsgefangene immer erst bei einem Friedensvertrag oder gegen Austausch freigelassen werden, ist für den Pfarrer leicht zu widerlegen: es gibt keinen Vertrag mit Kommunisten, solange sie die amerikanischen Gefangenen (»American lives«) nicht freigeben. Übrigens wird der Wortwechsel nie unerbittlich; der Diplomat und der Pfarrer, obschon nicht einverstanden, finden sich immer wieder in einem jovial-loyalen Lachen. Nur der junge Bärtige bleibt humorlos, kommt mit Zahlen oder mit der Genfer Konvention. Auch der Moderator hat Sinn für neutralen Scherz; schließlich haben die Millionen von Fernsehern, wenn sie schon alle sieben Minuten wieder Reklame sehen müssen, ein Recht auf Unterhaltung. Daß es in Vietnam bekanntlich Zonen gibt, wo die amerikanische Armee ihrerseits keine Gefangenen macht, sondern alle tötet, findet der Pfarrer militärisch gerechtfertigt, denn das amerikanische Volk geht in einen Krieg, um ihn zu gewinnen, sonst gibt es auf der Welt, »die Gott uns geschenkt hat«, weder Frieden noch Freiheit noch Anstand noch Moral ... Nach einer Stunde stelle ich ab.

(1971)

Unterhaltung in der Fremde

Donald Barthelme sagt: Ihr (Europäer) seid glücklichere Menschen. Wieso? Marianne macht ihre erfolgreichen Speck-Zwiebel-Kalb-Rosmarin-Spieße, ich richte das Feuer, wenn auch mit unbekannten Hölzern. Was ist anders als im Tessin? Der Bach nebenan rauscht nicht anders; Vorsicht vor Schlangen empfiehlt sich auch im Tessin ... Neulich tauchte Jürg Federspiel auf, später kam Jörg Steiner auf Besuch; was im Vaterland geschieht, ist bald gemeldet, man hat sich mehr zu sagen in der Fremde ... Dann und wann verwundert es mich wieder, wie leicht es einem fällt, alle schon nach einer Stunde nur noch beim Vornamen zu nennen: Donald, Mark, Elisa, Joe, Frank, Lynn, Harrison, Tedd, Patricia, Stanley, Steven usw. Ich könnte nicht sagen, wen ich dabei duze, wen nicht. Ein Landsmann, schon seit Jahren hier ansässig, schaltet mit dem Vornamen (jede andere Anrede käme ihm komisch vor, steif, unnatürlich) sogleich auf Du; es tönt wie eine falsche Übersetzung. So meinen sie es wohl nicht, wenn sie sagen: Max, do you know. Es entspricht einer Redeweise, die wir auch kennen: Jürgen, wissen Sie. Die amerikanische Freundschaftlichkeit ist nicht oberflächlicher, wie immer wieder behauptet wird; ihr Ausdruck dafür ist ambivalenter als das Du in unsrer Sprache, das sich leichter abnutzt in seiner voreiligen Verbindlichkeit ... Es kommt vor, daß man sich auf der Straße trifft, also unter Millionen, wie in einem Dorf; aber es ist kein Dorf: jedermann weiß, daß die andern auch ohne ihn auskommen, und dies ohne Gekränktheit. Das macht beide Teile herzlich. Sie sind hilfsbereiter als in den kleinen Städten, und man wird es selber auch; aus Dankbarkeit wechselseitig. Trifft man sich nach Wochen zufällig in einem Party-Gedränge, so begrüßt man sich wie beim Durchstich eines Tunnels: HOW WONDER-FUL TO SEE YOU! und es ist wahr.

Ende des Seminars.

Bar am Hudson nachmittags. Hafenarbeiter beim Billard, Bier, das man aus der Büchse trinkt. Schon beim zweiten oder dritten Besuch, ohne daß man bisher ein Wort gespro-chen hat, grüßen sie –

(1971)

Die Tapferkeit des Chlorophylls

Bäume grünen in den Höfen, Bäume wie richtige Bäume, man schaut hinunter auf ihr grünes Laub nicht ohne Rührung: diese Tapferkeit des Chlorophylls!

Anruf von einem Landsmann, der hier lebt und den ich, da er ein verwirrtes Englisch spricht, zur heimischen Mundart einlade. Daraufhin fragt er noch verwirrter. »But who are you?« Er spricht im Auftrag eines Freundes aus Gockhausen (Schweiz) und glaubt nicht, daß ich am Apparat bin, und möchte mit meiner Frau sprechen, die aber ausgegangen ist. Er wiederholt: »Who are you?« Trotz Mundart glaubt er's noch immer nicht, möchte lieber meine Frau fragen, ob die Todesnachricht, heute von der UPI gekabelt, wirklich nicht stimmt. Der Ausspruch von Mark Twain in gleicher Lage (– Nachricht stark übertrieben) ist ihm nicht bekannt. Eigentlich haben wir schon eine Weile miteinander geredet, als er nochmals fragt: »But who are you?« Übrigens wohnte Mark Twain in der gleichen Straße gegenüber.

Eine schwarze Haushilfe bei Freunden lernt jetzt Lesen und Schreiben, nimmt vier Unterrichtsstunden in der Woche, bittet um ein Buch; das ich geschrieben habe; ihr erstes Buch. Sie ist 65. Unsere Haushilfe, ebenfalls schwarz, kommt nicht mehr; ich hörte sie laut lachen, dann reden, sie stand im Zimmer und rauchte eine Zigarette in einem beinahe zahnlosen Mund und blickte hinaus durch die Wand; sie hört Stimmen. Die neue Hilfe, eine Schwarze aus Westindien, putzt sehr gründlich, aber ungern, wie sie freundlich sagt; sie kompo-

niert Lieder und singt sie, sucht einen Agenten, um ins Plat-
tengeschäft zu kommen; sie will uns ihre Musik einmal vor-
führen auf Tonband. Nur Musik habe Sinn in der Welt. Sie
ist schätzungsweise 50, wohnhaft in Brooklyn.

Ein Toter auf der Straße (Bowery) am Nachmittag; Polizei
schon zur Stelle, zwei Mann, das genügt, wir fahren weiter
wie alle.
   [...]

SS. FRANCE, 8. 6. 1971

Europa in Sicht, das Schiff folgt jetzt einem Lotsen, man
steht auf Deck, die Koffer sind gepackt, wir fahren aber noch
immer, man hat auch keinerlei Eile, man ist froh, zu sehen,
daß es immer noch fährt –

Gedächtnis der Haut

ein indianischer Name; er bezeichnet die nördliche Spitze von Long Island, hundertzehn Meilen von Manhattan entfernt, und er könnte auch das Datum nennen:

11. 5. 1974

Es gibt nicht nur Äste, die über den Pfad hängen, so daß man sich ducken muß; ab und zu liegt auch ein dürrer Ast auf dem Boden, dann hüpft sie darüber. Sie ist sehr schlank, nicht knochig. Ihre Bluejeans sind bis zu den Waden gekrempelt; ihr kleines Gesäß in der knappen Hose, die sie ohne Gürtel trägt, und in der Seitentasche steckt ein Kamm. Sie ist nicht größer und nicht kleiner als er, aber leicht. Ihr Haar, wenn sie es offen trägt, reicht bis zu den Hüften; jetzt hat sie es hochgeknotet, ein roter Roßschwanz, der beim Gehen pendelt. Da auf den Pfad zu achten ist, sofern das überhaupt noch ein Pfad ist, und da er zudem Ausschau hält, um vielleicht zu erraten, wo sie am besten weitergehen, um aus dem Dickicht herauszukommen, sieht er ihre Gestalt nur von Zeit zu Zeit; ihre helle Bluse in der Sonne, auch ihr Haar erscheint in der Sonne jetzt hell. Oft ist es nur noch eine Ermessensfrage, ob man weitergehen soll; kein Pfad. Manchmal macht sie einen großen Schritt, um auf einen Stein oder auf einen Baumstrunk zu gelangen; ihre langen Beine, doch ihr Schritt etwas zu groß, so daß ihr Körper nicht ohne Mühe hochkommt. Das würde sie auch machen, wenn sie allein wäre: diese scharfe Bewegung mit dem Kopf, um ihren Roßschwanz hinter die Schultern zu werfen. Ob sie an die Küste kommen, erscheint immer fraglicher. Sie gehen aber weiter. Dann wieder, eine Weile lang, sieht es aus, als gehe sie auf einem Seil, Fuß vor Fuß wie eine Seiltänzerin, wobei ihr Oberkörper schmiegsam das Gleichgewicht sucht und findet. Es sieht noch immer nicht nach Düne aus; keine Möwe am Himmel. Ein Mal bleibt sie stehen, um die Ärmel ihrer Bluse hochzukrempeln; hier in der Mulde ist es heiß; kein Meerwind. Wenn sie nebeneinander stehen wie jetzt: die sonderbare Gegenwart zu zweit. Er bemerkt, daß er seine beiden Hände in den Hosentaschen hat, die kalte Pfeife im Mund. Ihr Gesicht: er hat es nicht vergessen, aber sie trägt diese große Dunkelbrille, und ihre Augen sind nicht zu sehen. Ihre Lippen tagsüber schmal, oft spöttisch.

HOW DID I ENCOURAGE YOU?

ihre Frage nicht jetzt, sondern gestern auf der Fahrt hierher; offenbar verwundert es sie, wie es ihn verwundert, wenn er, wie jetzt, neben ihr steht.

WHEN DID I ENCOURAGE YOU?

Sein Flug ist für Dienstag gebucht.

Zuerst habe ich gemeint, sie sei die übliche Kamera-Fee, die bei solchen Gelegenheiten mitkommt, plötzlich in die Hocke geht und knipst, Wünsche hat, wie man sich setzen soll, und jedesmal, wenn man sie endlich vergessen hat, wieder knipst, einmal, zweimal, dreimal, viermal. Sie hat aber keine Kamera. Sie sitzt nur dabei und schweigt, stört nicht, während der Mann von einer erbärmlichen Zeitung eine volle Stunde lang fragt: HAVE YOU BEEN IN THIS COUNTRY BEFORE etc. Ein Interview zur Person. ARE YOU MARRIED, WHERE IN EUROPE ARE YOU LIVING, DO YOU HAVE CHILD-

REN etc. Das alles weiß sie nun auch, die junge Frau. Einmal nimmt sie das Telefon ab, weil sie grad daneben sitzt, und erledigt die Sache bestens; ich danke: WHAT ARE YOU GOING TO WRITE NEXT, PLAY OR NOVEL OR ANOTHER DIARY? Ich werde vergnügt, weil das immer die letzte Frage ist, mindestens die vorletzte. Ich sage der amerikanischen Öffentlichkeit: Leben ist langweilig, ich mache Erfahrungen nur noch, wenn ich schreibe. Eigentlich kein Witz; er lacht trotzdem. Sie nicht. Als ich ihr später die weißliche Zotteljacke halte, frage ich der Höflichkeit halber nochmals nach ihrem Namen. LYNN, sagt sie, als brauche ich nur den Vornamen. Ihr langes offenes Haar: das ist etwas umständlich beim Anziehen der Jacke, und ich kann da nicht helfen, das steht meiner Hand nicht zu. Eine Frage noch, die letzte: DO YOU CONSIDER YOURSELF A DOOMED MAN? Später stelle ich fest, daß sie ihre Zigaretten hat liegen lassen, ihr Feuerzeug. Es bleibt zwei Wochen lang unter der Lampe liegen, ein billiges grünes Feuerzeug.

Was habe ich hier wirklich zu tun?

Man kann ohne Mantel gehen; Ankunft bei Schneesturm, aber kurz darauf ist es wieder Frühling geworden ... Das Frauengefängis an der Ecke, ein hoher Klotz aus braunem Backstein, ist abgebrochen worden; jetzt ein sandiger Platz, umzäunt von Drahtgeflecht, Tauben gurren im Gehege, doch können sie das Gehege jederzeit überfliegen. Sonst hat sich wenig verändert in zwei Jahren. Die kleinen Bäume in der Neunten Straße, seinerzeit gepflanzt, sind nach wie vor dünn und dürftig; sie grünen aber. (Diese Tapferkeit des Chlorophylls!) Im Drugstore, wo ich wieder frühstücke, bedient noch dieselbe Mannschaft. Die gelben Taxi, die schwarzen glänzenden Müllsäcke an der Straße, die Sirene der roten

Feuerwehr. Im Hotel haben sie den alten Kunden erkannt: DID YOU HAVE A GOOD TIME? Ein anderes Zimmer als vor zwei Jahren, die Einrichtung genau die gleiche: der niedrige Tisch mit Marmor, wo man die Füße darauflegen kann, die gelben Ständerlampen, die gelben Bettdecken, der Spannteppich grün, ein Sofa in der Farbe von Jauche und nicht unbequem, zwei Fauteuils in der gleichen Farbe, das vertraute Sausen der air-conditioning, die man aber ausschalten kann; zum Teil kann man die beiden Schiebefenster öffnen, ihre morschen Rahmen hochziehen, die Scheiben sind immer schmutzig. Die niedrige Brüstung dieser Fenster; man muß aufpassen, wenn man in die Straßenkreuzung hinunterschauen will; nur in Träumen gelingt ein Fliegen aus eigener Kraft.

MAY I INTRODUCE YOU

dann überhöre ich die Namen oder vergesse sie sofort, stehe und antworte und weiß nicht immer, wem ich geantwortet habe. Warum macht man das. Es muß sein (meint der Verlag) für das Buch –

LYNN

ich könnte anrufen unter einem beruflichen Vorwand. Ein Abendessen vielleicht; sowie eine Frau mir gefällt, komme ich mir jetzt als Zumutung vor.

HUDSON:

ein paar feiste Möwen auf der Mole, Wiedersehen mit der öligen Spiegelung im Wasser. Ein veralteter Dampfer liegt noch immer am Anker; Ketten mit Bärten aus Tang. Einmal ein Helikopter. Es ist windig, das schwarze Wasser klatscht gegen die Mole, deren Gehölz vor zwei Jahren schon morsch gewesen ist. Ein großer weißer Frachter, der vermutlich am nächsten Tag auslaufen wird, liegt ruhig und unbeweglich, STATENDAM, eine holländische Flagge im Wind. Rückwärts die alte Hochstraße, die zur Zeit in Reparatur ist. Die kleine düstere Bar, wo sie Billard spielen, gibt es noch; BLUE RIBBON, die Lichtschrift rot wie Limonade in der Dämmerung. Westwärts findet gerade ein schleimiger Sonnenuntergang statt, ein langer schwarzer Frachter davor. Ein paar Leute auf der Mole, Müßiggänger wie ich. Ein junger Schwarzer mit Fahrrad fährt Slalom. Ein Paar, das umschlungen auf der äußersten Planke sitzt als Schattenriß. Ein Alter mit Hund. Ein anderer Hund ohne Herr. Die langen dicken Taue aus Hanf. Eine Bierdose, die im Wind zu rollen beginnt.

AMERICAN ACADEMY OF ARTS AND LETTERS:

ich erhebe mich und danke.

MUSEUM OF MODERN ART:

ich schwänze die Kunst und sitze im Gartenhof einen ganzen Vormittag. Es kann sein, daß mich Kunst nichts angeht, wenn ich allein bin. Ich genieße es, hier unter den paar Bäumen zu sitzen. Ich sitze in diesem Gartenhof (Moore, Picasso, Calder etc.) seit zwanzig Jahren und länger:

1951
1956
1963
1970
1971
1972

Unterwegs wieder einmal das Gefühl, der Körper sei leichter geworden, ganz leicht, als habe sich die Schwerkraft vermindert beim langen Gehen: alles, was ich einsehe, erscheint auch durchführbar, ich muß es nur nicht aussprechen, sondern tun.

CENTRAL PARK:

ein Gewährsmann hat mich belehrt, daß die berühmten Eichhörnchen gar keine Eichhörnchen sind, sondern Baumratten. Früher gab es hier noch Eichhörnchen. Die Baumratten sind nicht rötlich wie die Eichhörnchen, doch nicht minder zierlich. Man kann ihnen Minuten lang aus der Nähe zuschauen, so zutraulich sind die Baumratten. Der Unterschied zu den Eichhörnchen besteht vor allem darin, daß sie die Eichhörnchen vernichten.

WHITE HORSE:

der Schriftsteller scheut sich vor Gefühlen, die sich zur Veröffentlichung nicht eignen; er wartet dann auf seine Ironie, seine Wahrnehmungen unterwirft er der Frage, ob sie beschreibenswert wären, und er erlebt ungern, was er keinesfalls in Worte bringen kann. Diese Berufskrankheit des Schriftstellers macht manchen zum Trinker.

SANITATION:

immer noch erwache ich viel zu früh. Bevor der Alltag losgeht, führen sie ihre Hunde und Hündchen durch die Straßen, halten sich an der Leine, während die Tiere pinkeln oder scheißen. Eine Hundestunde morgens, eine Hundestunde abends. Man muß eben aufpassen, wo man hintritt. Sie hängen an ihren Hunden und Hündchen, das sieht man, sie haben ein Bedürfnis nach Liebe, die Menschen hier, sie lassen sich von Duftmarke zu Duftmarke ziehen und warten ohne Ungeduld, auch wenn's regnet. Nur gegen die rote Verkehrsampel lassen sie sich an der Leine nicht ziehen und wehren sich, bis die Ampel wieder grün ist. Eine verschissene Gegend. Einige haben mehr als nur einen Hund. Eine Gegend voll Bedürfnis nach Liebe. Der weiße Wagen mit dem Kreiselbesen erwischt nie alles; ein Rest bleibt immer.

LONG DISTANCE

Weinen einer Frau durchs Telefon macht mich hilflos, vollkommen hilflos; die Unmöglichkeit, ihr Handgelenk zu fassen – was auch nichts ändern würde.

FIFTH AVENUE HOTEL:

Der Spannteppich erscheint tagsüber (ohne den Schein der gelben Lampen) eher blau, nicht grün. Im Augenblick liegt Sonne darauf, ein schiefes Geviert, aber die Luft um die Beine ist kühl. Ich habe gelesen und gedacht, was ich da lese: plötzlich dieses Gedächtnis der Haut: FRÜHLING, JA, DU BIST'S! nämlich mit Sonne auf diesem Spannteppich, den ich kenne; ich habe ihn einmal geküßt. DICH HAB' ICH VERNOMMEN! Plötzlich hilft keine Lektüre (FICTION) gegen dieses Gedächtnis der Haut; das macht vor allem die Kühle um die Beine oberhalb der Socken; kein Vogelgesang durch das offene Fenster, sondern das Geräusch von Großstadtverkehr, ein ganz bestimmtes: wenn die Busse losfahren bei Grünlicht an der Ecke FIFTH AVENUE/9TH STREET. Wieder lege ich die Füße mit den Schuhen auf den niedrigen Tisch und esse Nüsse aus der hohlen Hand.

Eine amerikanische Studentin aus Yale stellt nicht die üblichen Fragen der Sekundär-Literatur; sie fragt: Will Stiller denn wirklich, daß Julika erlöst werde, oder geht es ihm in erster Linie darum, ihr Erlöser zu sein?

WASHINGTON SQUARE

die Schachspieler an den öffentlichen Steintischen mit dem wetterfesten Schachmuster, darüber Grün mit Vogelzwitschern. Oft bleibe ich lange da stehen, aber immer nur stehen; ich setze mich nicht. Heute hat mich einer gefragt, ein Schwarzer, ob ich Lust habe zu einer Partie. Kein sehr guter Spieler, wie ich vorher bemerkt habe, und trotzdem wage ich's dann nicht. Kann ich mir keine Niederlage leisten? Oder keinen Sieg? weil er nichts bewirkt; im Gegenteil, nachher klafft das Bewußtsein meines häuslichen Versagens –

COMMERCE STREET 15

keinen früheren Wohnplatz möchte ich nochmals bewohnen, auch nicht dieses liebliche Haus. Ein Zimmer auf jeder Etage. Im Souterrain die perfekte Küche und ein Eßplatz, wo man sich wie in einer Kajüte fühlt, auch tagsüber mit Lampenlicht; man sieht durch die kleinen Fenster nicht Meeresgischt, sondern Schnee auf dem Trottoir, die Beine von Passanten in Schnee und Matsch, die schnelleren Beine von Hunden. Zuoberst im Haus, wo ich zu arbeiten versucht habe, zittert es am meisten; das Poltern der schweren Lastwagen mit den schweren Anhängern beginnt lang vor dem Morgengrauen, und wenn das verstummt, weil sie vor der

Verkehrsampel eine Minute warten müssen, so ist es das andere Poltern der Subway. Trotzdem kommt es mir vor, es sei still im Haus; eine Stille, als sei ich taub. Das leise Summen im Eisschrank, die eignen Schritte, das Geräusch, wenn ich die Zeitung blättere. Ich höre, wenn Post durch den Schlitz der Tür fällt, wenn der Schlüssel in das Schloß der Haustüre gesteckt wird und gedreht. Bin ich taub gewesen? Ich höre, was mir gesagt wird, und glaube es. Eine Platte mit echtem Meeresrauschen (damit man den Straßenlärm nicht höre) habe ich auch gehört; ein freundliches Geschenk –

Wir haben gehört, wie Neruda liest.

VIA MARGUTTA:

das macht die warme Luft, das Licht: plötzlich bin ich in Rom. Nur die architektonische Kulisse stimmt nicht dazu, das sehe ich. Keine Ahnung, was ich in Rom täte; ich bin nur grad in Rom für eine Weile –

GOETHE HOUSE:

ein Arrivierter könnte aussehen wie ein Walroß, die Frauen geben sich nicht nur mit ihm ab, sondern entfalten unverlangt ihren Charme fast ohne Reserve. Erst auf der Straße, anonym im Gedränge, empfinde ich mich wieder als Walroß ganz und gar.

EIGHT STREET BOOKSTORE:

daß man um Mitternacht noch in einem Buchladen stehen kann . . . ich habe den kleinen gelben Langenscheidt gekauft, um dann, wenn ich darin nachschlage, fast jedesmal das Gedächtnis zu blamieren; nämlich man hat das schon einmal gewußt:

SENSIBLE / SENSITIVE / SENSUAL

Die Nachricht, daß Konrad Farner in Zürich gestorben ist, lese ich im Lift, ohne deswegen mein Stockwerk zu versäumen. Es ist Konrad Farner viel erspart geblieben. Es mehren sich die Toten als Freundeskreis.

OLIVETTI LETTERA

ich kann's nicht lassen, ich habe eine kleine Schreibmaschine gekauft ohne literarische Absicht. (Eine literarische Erzählung, die im Tessin spielt, ist zum vierten Mal mißraten; die Erzähler-Position überzeugt nicht.) Diese Obsession, Sätze zu tippen –

PRO MEMORIA

ein französischer Edelmann auf dem Weg zur Guillotine bittet um Papier und Feder, um sich etwas zu notieren, und es wird ihm gewährt. Man könnte die Notiz ja vernichten, wenn sie sich an irgend jemand richtet. Das ist nicht der Fall. Es ist eine Notiz ganz und gar für ihn selbst: pro memoria.

Was ich in New York zu tun habe, wäre in Zürich oder in Berlin auch noch zu tun. In Berzona (Tessin) ist es bereits getan, glaube ich. In Rom? Umweltverschmutzung durch Gefühle, die nicht mehr zu brauchen sind – etwas Verfaultes, weil ich es nie ausgesagt habe oder nie ehrlich genug, nicht mit Bewußtsein verabschiedet. Es wird Zeit. Vorgestern geträumt:

daß ich am nächsten Mittwoch hingerichtet werden soll, und ich verstehe nicht, warum am nächsten Mittwoch, ich bin gesund, diese willkürliche Verfügung einer Behörde, die gar nicht Bescheid weiß, einer Behörde ohne Adresse übrigens; keine Chance, Rekurs anzumelden.

[...]

SWEET'S

es sei das älteste Fisch-Restaurant in der Stadt. Ein Schuppen am alten Markt, abbruchreif seit Jahren. Wer nicht davon gehört hat, würde hier nie eintreten. Über Mittag bekommt man kaum einen Tisch, dann speisen hier die Tätigen aus der WALL STREET. Seit ich das Restaurant kenne, habe ich schon viele Freunde dahin geführt. Es gibt hier, zu Fischgerichten aller Art, einen amerikanischen Sauternes, der erstklassig ist, und man sieht unter der Hochstraße hindurch das Glitzern, EAST RIVER. Auch Lynn hat es bisher nicht gekannt. Es gefällt ihr; es ist gar nicht schick hier. Sie hat wieder ein Interview vermittelt; ihr Job. Ihr offenes Haar und die Brille: Undine und ein wenig Nurse. Im Sommer wird sie mit ihren Elten nach Griechenland fahren, mein guter Rat erübrigt sich; GUIDED TOUR. Da Lynn nichts gelesen hat, was ich veröffentlicht habe, genieße ich es, einmal lauter Gegenteil zu reden: – Politik kümmert mich überhaupt nicht. Verantwortung des Schriftstellers gegenüber der Gesellschaft und das ganze Gerede, die Wahrheit ist, daß ich schreibe, um mich auszudrücken. Ich schreibe für mich. Die Gesellschaft, welche auch immer, ist nicht mein Dienstherr, ich bin nicht ihr Priester, oder auch nur Schulmeister. Öffentlichkeit als Partner? Ich finde glaubwürdigere Partner. Also nicht weil ich meine, die Öffentlichkeit belehren oder bekehren zu müssen, sondern weil man, um sich überhaupt

zu erkennen, ein imaginäres Publikum braucht, veröffent-
liche ich. Im Grunde schreibe ich aber für mich selbst ...
Lynn protestiert gar nicht; es klingt überzeugender (auch
für mich) als erwartet.

[...]

ALL POWER TO THE PEOPLE

die Mauerschriften von damals sind verwaschen, man hat
den Eindruck, daß keine Veränderung mehr erwartet wird.
Kommt man aus der Subway ans Tageslicht, so gehen die
Leute wie vor zwei Jahren, es geht einfach so weiter: Warten bei Rot, Gehen bei Grün. Niemand weiß, was geschieht.
Die Zeitungen tun nur so, als wissen sie's von Tag zu Tag.
WATERGATE, wenn das nicht wäre. Meine Freunde sind jün-
ger, aber sie kennen schon ihre Ohnmacht. Einzig die Frauen
hoffen noch auf Veränderung. Der Rest ist Entspannung.
Der Rote Platz in Moskau ist unversehrt; am Bahnhof Fried-
richstraße in Berlin ist alles wie bisher, nur der Eintritt ist auf
zehn Mark erhöht. Keine Rüstung aus der Absicht, Krieg zu
führen, hat jemals so viel gekostet wie die wachsende Rüstung zur Vermeidung eines Krieges, den unsere Großmäch-
te sich nicht mehr leisten können; ihr Friedenswille bis zum
Bankrott steht außer Zweifel. Reisen? Es steht nicht mehr
dafür; überall die gleiche mäßige Zuversicht. Kein Chaos.
Es gibt noch alles, sonst könnte das Fernsehen es nicht zeigen: Staatsmänner, die aus dem Flugzeug steigen und win-
ken, Tanks in der Wüste, die Schweizergarde des Papstes, ein
Staatsmann stirbt, ein andrer tritt zurück, es wird weiter
regiert. Das Öl der Scheiche und der Konzerne gilt als befri-
steter Trost, die Wissenschaft sucht andere Quellen. Im übrigen geschieht nichts, was nicht schon geschehen ist. Umwelt-
schutz als die letzte Aufgabe der Menschheit –

8.4. NEW YORK
17.4. TORONTO
18.4. MONTREAL
19.4. BOSTON
22.4. CINCINNATI
23.4. CHICAGO
25.4. WASHINGTON

Ich spiele meine Rolle. Nur im Flugzeug und im Hotel, wo die Veranstalter mich unterbringen, bin ich eine Weile allein und brauche nichts zu glauben, nehme Dusche oder Bad, dann stehe ich am Fenster, Blick auf eine andere Stadt. Ein wenig Lampenfieber jedesmal. Beim Lesen vergesse ich Wort für Wort, was ich lese. Nachher ein kaltes Buffet; ich antworte auf dieselben Fragen nicht immer dasselbe. So überzeugend finde ich keine meiner Antworten. Ich blicke einer Dame, während sie spricht, auf ihre nahen guten Zähne, bekomme ein Glas in die Hand und schwitze. Das ist nicht mein Beruf, denke ich, aber da stehe ich –

[...]

Abends aus dem Flugzeug, nachdem man die Gürtel aufschnallen darf, wäre auf der linken Seite zu sehen eine graugrünlich-braune Landzunge mit Leuchtturm, die gelben Untiefen nur durch die Rüsche der Brandung getrennt vom festen Land; das Meer, das offene, ist auch auf der rechten Seite zu sehen: wie stumpfer Filz, später wie Schiefer (Quarzit) hart ... Am letzten Tag sah ich Lynn zum ersten Mal in ihrem Office, vorher im Korridor, wo ich hatte warten müssen. Sie kam fröhlich. Ihr Office ist klein, die Aussicht aufregend. Wir mußten noch ein wenig warten, bis es zwölf Uhr wurde; Lynn auf der Fensterbank; wenig Undine jetzt, ihr Gehaben sehr amerikanisch (was heißt das?) und werktäglich. Die Türe zu ihrem Office blieb offen, als eine Kollegin herein-

schaute, stellte Lynn mich vor. Sie bat noch darum, daß ich
ein Buch signiere, und dann konnten wir gehen, LUNCH-
TIME, der Lift war gepfercht voll, und jemand unterhielt sich
mit Lynn, die weniger sonnengebräunt ist als ich; offenbar
antwortete sie witzig, ich verstand zu wenig. Ich ging allein
durch die Pendeltüre und wartete draußen. Als Lynn nicht
kam, galt unsere Abmachung für alle Fälle; ich ging allein
zu dem Restaurant, wartete an der Bar. Offenbar brauchte
es ein Manöver, um die Person loszuwerden; Lynn kam nach
zwanzig Minuten. Ein französisches Restaurant, Zweiertisch neben Zweiertisch; kein Ort für trauliches Gespräch,
und wir waren eher froh darum. Als man bestellt hatte, gab
sie mir ein Geschenk; ich packte es aus. Ein Tabakbeutel genau von der Art meines Tabakbeutels, den Lynn einmal ange-
fühlt hatte und der übers Wochenende irgendwo verloren ge-
gangen war; versehen mit den Initialen. VERY NICE, sagte
ich, BUT UNFAIR, denn Lynn hatte sich jedes Geschenk verbe-
ten, ausgenommen meine OLIVETTI LETTERA 32, die sie
brauchen konnte, TODAY I HAVE GOT MY PERIOD, sagte sie.
Ich hatte noch im Hotel zu packen, aber nicht viel; also Zeit.
Lynn hatte wenig Zeit, genau eine Stunde. Sie schlug vor,
daß wir noch durch den Park gehen, das war nicht weit, UNI-
TED NATIONS. Wir gingen ziemlich flink. I AM GOING TO
MISS YOU, sagte sie mit hochgezogenen Augenbrauen wie jemand, der ein Versehen zugeben muß, und unter einer Verkehrsampel, wo sie fast noch mit dem gleichen Atem sagen
konnte: COME ON, COME ON. Ich war übrigens zum ersten
Mal in diesem Park. Ein greller Mittag, ohne Sonnenbrille
fast unerträglich. Das Wasser glitzerte. Im Park viele Leute,
die sich gaben, als genießen sie die sommerliche Sonne. Sie
schien aber so grell, daß man eigentlich nichts denken und
nichts empfinden konnte. Das Wasser war nicht blau, sondern schwarz; darauf glitzerte es wie Quecksilber. Wir lehn-

ten am Geländer. Sogar die Möwen blendeten. Wir hatten wenig getrunken, das war es nicht. Das gibt es in den hohen Bergen: der weiße Schnee, der Fels dagegen fast schwarz, und wenn man hinaufschaut: Mittagsnacht ohne Sterne. Es war nicht heiß: ein scharfer Wind vom Wasser her. Die schwarzen Kähne und vor diesen Kähnen der glitzernde Gischt. Drüben der weiße Rauch aus einem Hochkamin. Licht wie bei Föhn; nicht nur auf dem Wasser glitzerte es, auch das Laub glitzerte. Wenn Leute in den Schatten gingen, so verschwanden sie. Die Fassaden aus Glas spiegelten das Schattendunkel auf den Fassaden gegenüber; die gespiegelten Architektur-Formen etwas verzerrt. Wir waren nicht schweigsam, nur weiß ich nicht, was wir redeten. Das Zinkblech der Brüstung, wo wir unsere Ellbogen stützten, glitzerte wie Glimmer. Am Himmel blinkte ein Flugzeug. Dann blickte Lynn auf ihre Uhr; wir hatten noch etwas Zeit, aber es war nichts mehr anzufangen mit dieser Zeit. Wir hatten uns auf eine steinerne Rampe gesetzt, wo Paare saßen; über uns das gleißende Metall von tausend Fensterrahmen. Wo man hinschaute: dieses Licht, Glitzern oder Gleißen. Es freute sie, daß mich der Tabaksbeutel freute; genau der richtige, das dunkle Leder ist zärtlich anzufühlen. Wir beklagten es nicht, daß ich heute fliegen muß. Wir schauten bloß: die Möwen, die schwarzen Kähne mit dem Gischt, den sie vor sich her wälzen. Lynn blickte auf die Uhr, ich nahm die Hand von ihrer Schulter. Um uns zu küssen, waren wir aufgestanden. Leichter als jetzt, als wir über eine grelle Freitreppe gingen, kann man nicht gehen. Wir mußten jetzt nur noch den genauen Ort finden, wo man sich trennt, und auf den Verkehr achten; wir nahmen uns an der Hand, als wir die Avenue zu überqueren hatten, und liefen. FIRST AVE / 46TH STREET, das war der Punkt offenkundig, wir sagten: BYE, kußlos, dann ein zweites Mal mit erhobener Hand: HI. Nach

einigen Schritten ging ich an die Ecke zurück, sah sie, ihre ge-
hende Gestalt; sie drehte sich nicht um, sie blieb stehen, und
es dauerte eine ganze Weile, bis sie die Straße überqueren
konnte.

Entwürfe zu einem Amerikabild

*

New York als Herausforderung – darauf konnte ich mich über Jahrzehnte hin verlassen, dass ich dort nicht verdöse, dass ich mich dort nicht erhole wie im Engadin oder in Paris, dass es mich schüttelt jeden Tag:

I HATE IT

I LOVE IT

I HATE IT

I DON'T KNOW

I LOVE IT

etc.

New York als Wallfahrtsort sozusagen (Visum INDEFINI-TELY) über drei Jahrzehnte hin – und jetzt besitze ich dort eine sogenannte Loft, endlich so weit eingerichtet, dass man darin wohnen kann, hocke draussen auf der eisernen Feuertreppe im fünften Stock und kann es mir nicht verhehlen: Wie dieses Amerika mich ankotzt!

LOVE IT OR LEAVE!

*

Sie sind eine Super-Macht, die uns alle zerstören kann. Und sie sind schon auf dem Mond gewesen, das vergisst man; denn das hat eigentlich keine Weltgeschichte gemacht. Was hingegen kaum ein Amerikaner weiss: dass der amerikanische Wohlstand (man kann hier leben, ohne je einen Slum zu sehen) zu einem beträchtlichen Teil auf Ausbeutung andrer Völker und Länder beruht. Ausbeutung ist hier kein Wort, dafür haben sie ein anderes: KNOW HOW. Das ist es, was sie den ärmeren Völkerschaften bringen, wobei sie

manchmal auf Unverständnis stossen; man muss einen Mili-
tär-Putsch unterstützen da und dort, um Demokratie einzu-
führen usw., KNOW HOW. Ihr Lieblingswort: POWER. Ich
treffe nicht Leute aus der Armee; es ist das Wort, das ich
am meisten höre in diesem Land: POWER. Darauf ist man
stolz: POWER. Ohne das geht es nicht einmal im Kunst-
handel. MONEY? Das ist das anspruchslosere Synonym.
Das ethische Synonym: LIBERTY. Und darum geht es doch:
LIBERTY, das ist es, was jeden Amerikaner überzeugt:
POWER = LIBERTY. Und da gibt es keine Dialektik. Wieso
denn? Darüber zu reden hat keinen Zweck – sie fühlen sich
als die beste Art von Menschen, die es geben kann, und deswegen vertragen sie Kritik an Amerika nicht einmal innerhalb einer Allianz, da sie in dieser Allianz zweifellos die Stär-
keren sind, also wissen sie es besser ...

*

Warum Amerika mich heute schreckt:
1952
ein Motel-Wirt in dem schönen Kalifornien – ich glaube
nicht, dass er den Western-Hut trug, den der derzeitige Präsi-
dent-Darsteller schon immer so überzeugend getragen hat,
wenn er, als Darsteller in Filmen, männlich aus den Hüften
feuerte; unser Motel-Wirt hätte auch eine bayrische Leder-
hose tragen können oder eine Schweizer-Tracht mit Hosen-
trägern ... hingegen erinnere ich mich genau, wie er hinter
der Theke stand, dieweil er uns, Professor Emil Staiger und
seine Frau und einen amerikanischen Germanistik-Professor
und mich, bediente und unterrichtete, was geschieht, wenn
die Russen sich benehmen sollten, wie es von Russen nicht
anders zu erwarten ist: TWENTYFOUR HOURS, sagte er,
D'YOU KNOW WHAT I MEAN? Er bemerkte, dass wir Eng-

lisch verstehen, wenn auch mit Mühe, und wollte verstanden werden: D'YOU KNOW WHAT I MEAN? sagte er, die rechte Hand in seiner Hosentasche, als befinde sich in eben dieser Hosentasche die damalige H-Bombe. IF THE RUSSIANS, sagte er, TWENTYFOUR HOURS, sagte er, D'YOU KNOW WHAT I MEAN? Und wir verstanden, was er meinte, und bestellten noch ein Bier. Schwätzer dieser Sorte gibt es überall. D'YOU KNOW WHAT I MEAN? Er wollte aber das Thema nicht fallen lassen, als wir nach den Tierarten in dieser Gegend fragten oder nach der Marschzeit zum Mount Lesson; denn er hatte etwas zu sagen: Besser Krieg als Krise. Denn die Krise hat man hier erlebt. Damals. Ich hielt mich sozusagen für witzig: WAR, fragte ich, WHERE?

Die Frage machte ihm keine Mühe: OVERTHERE, sagte er, IN EUROPE. Ich fragte: WHY IN EUROPE? Seine Antwort: BECAUSE THEY ARE USED TO HAVE WARS …

Damals konnte man darüber noch lachen.

*

Was unsere amerikanischen Freunde erwarten: ein Wunder! – sie wollen gefürchtet werden und geliebt zugleich. Wenn uns das nicht gelingt, so empfinden sie es als Anti-Amerikanismus.

*

Die Sowjetunion als Gegner muss wirtschaftlich geschwächt werden, wo immer möglich; das ist politisch-pragmatisch. Zum Beispiel durch ein Embargo: als Bestrafung für ihre politisch-pragmatische Unterjochung der polnischen Arbeiterbewegung, das heisst: Washington als Weltenrichter. Das Moral-Missionarische bleibt ein Requisit der amerikanischen

Politik, obschon es immer wieder zur Heuchelei führt. Was dieser Wałęsa will, kann die Sowjetunion sich nicht leisten: er nimmt die sozialistische Lehre beim Wort (Selbstbestimmung der Arbeiterklasse) und will sie verwirklichen. Und das also will Präsident Reagan unterstützen? Diesen Versuch haben die USA schon in Chile nicht zulassen können; Salvador Allende musste ermordet werden.

*

Es gibt in Amerika alles –
nur eins nicht:
ein Verhältnis zum Tragischen.

*

Auf der Strasse vor dem Haus die schwarzen Kehrichtsäcke, die glänzen, auch wenn sie nicht nass sind. Ich habe die grünen, die nur im Regen glänzen. Wohin bringt man den ganzen Kehricht von Manhattan? Wenn mein Kehrichtsack, der grüne, allein auf der Strasse steht, frage ich mich, ob das erlaubt ist. Mein grüner Kehrichtsack reicht für zwei bis drei Tage, weswegen die schwarzen Kehrichtsäcke an gewissen Tagen allein vor dem Haus liegen; keine Frage, dass das erlaubt ist. Manchmal gibt es ganze Berge von solchen schwarzen Kehrichtsäcken entlang der Strasse. Und dann sind sie wieder verschwunden. Wie durch ein Wunder. Die Vorstellung, dass unser täglicher Kehricht nicht verschwindet, dass also diese schwarzen und grünen Kehrichtsäcke sich häufen und häufen, bis man die Strasse nicht mehr befahren oder begehen kann – eine unvernünftige Vorstellung, ich weiss, aber sie kommt mir oft, wenn ich meinen nächsten Kehrichtsack hinlege oder hinstelle.

Unsere Loft ist ein Schildbürgerstreich. Geträumt war eine Werkstatt, wo man auch wohnt, und es ist eine Wohnung daraus geworden, ja, eine Wohnung ohne Wände, was wie ein Atelier aussieht, und um arbeiten zu können, suche ich jetzt ein Zimmer in der Nachbarschaft. Hingegen habe ich mich daran gewöhnt, dass man die Pfoten des Hundes hört, der über uns wohnt, weniger an die laute Rock-Musik von unten. Manchmal ist es auch ganz still und ich arbeite trotzdem schlecht.

*

Präsident Reagan im Fernsehen:
er wirkt wie ein Vater, ein besorgter Vater, der aber weiss, wie er die Zukunft eurer Kinder sichert, obschon die Sowjetunion immer weiter rüstet und droht. Nichts liegt uns allen (im Westen) mehr am Herzen als der Friede. Anlass für die Rede ist sein Beschluss, 100 MX-Raketen herstellen zu lassen und auf eine schlaue Weise zu lagern, DENSE PACK, so dass der Feind mit einem ersten Schlag nur einen Teil dieser MX-Raketen vernichten kann, und dann schlagen alle, die verbleiben, den Feind in aller Welt. Aber von dieser Sache redet Präsident Reagan eigentlich nicht. Er wirkt vertrauenswürdig, ja, und ich erschrecke. Dieser Mann weiss, was er glaubt, und man glaubt ihm, dass er sagt, was er weiss. Und ich ertappe mich dabei, dass ich beinahe gerührt bin von seinem Vortrag, von seiner Väterlichkeit, von seiner Sorge um die Mitmenschen (nicht nur die Amerikaner) und von seiner tapferen Zuversicht – AMEN.
Andererseits ist zu lesen:
THE MAN RESPONSIBLE FOR OUR SAFETY NO LONGER THINKS A NUCLEAR WAR IS UNTHINKABLE, nämlich

man könnte ihn gewinnen, wie T. K. Jones, ein Beamter des Verteidigungsministeriums meint: THAT A NUCLEAR WAR NEED NOT BE AS BAD AS GENERALLY SUPPOSED, YES, THERE WOULD BE MANY DEATHS AND WIDESPREAD DESTRUCTION, BUT A FEW SIMPLE PRECAUTIONS MIGHT SAVE MILLIONS OF AMERICANS.

*

Wie verbringt man einen ganzen Abend (THANKSGIVING) ohne Gespräch, ohne auch nur einen Versuch dazu? Der Gastgeber, Professor für Handelsrecht, setzt sich ans Piano und spielt, nachdem der Turkey verzehrt ist und der Nachtisch genossen: Melodien aus Musicals, die jedermann hier kennt, und wer nicht zu alt ist, steht zwei Stunden lang um das Piano und singt lauthals. Wein ist da, Whisky auch, Feuer im Kamin. Wozu denn irgendein Gespräch? Was es unter Menschen zu sagen gibt, ist schon gesagt worden mit dem ersten Drink in der Hand:
Wir gehen nach St. Barths, ja, eine Woche –
etc.
Kurz vor elf Uhr kann ich es nicht lassen, jemand anzusprechen, der nicht singt, einen ebenfalls alten Herrn, der, wie ich bei Tisch beiläufig gehört habe, ein Richter gewesen ist. Jetzt im Ruhestand, aber stramm. Ob es vorgekommen sei, dass ihm über ein Urteil, das er gefällt hat, später einmal Zweifel gekommen sind? Er versteht nicht. Mein Englisch! Als die sprachliche Verständigung gelungen ist, versteht er meine Frage erst recht nicht. Wieso Zweifel? Fünfunddreißig Jahre lang hat er das richtige Urteil gesprochen. Kein Zweifel daran. Nie! Und um anzudeuten, dass für ihn das Gespräch zu Ende ist, bietet er Wein oder Brandy an, HELP YOURSELF, es wären nur drei oder vier Schritte zur

Bar. Ob er die Todesstrafe befürworte? Selbstverständlich. Kein Zweifel daran, ob wir, indem wir uns als Staat verstehen, das Recht haben zu töten? Selbstverständlich; die Gesellschaft muss sich schützen. Dafür genügt das Gefängnis nicht? Es ist ihm auch bekannt, dass nach Statistiken, die Kriminalität in Staaten mit Todesstrafe und Staaten ohne Todesstrafe vergleichen, die Todesstrafe durchaus keine abschreckende Wirkung hat, und was ist ein Justiz-Irrtum, wenn die Todesstrafe vollstreckt ist? Ich erwähne Sacco und Vanzetti nicht. Gibt es keine Justiz-Irrtümer? Das gibt es, aber die Gesellschaft muss sich schützen, natürlich gibt es einmal auch einen Fehler. Ob es ihn in einem solchen Fall nicht störe, dass jemand hingerichtet worden ist? Nein. Ende unseres Gesprächs; wir stehen nebeneinander und hören zu, wie immer noch gesungen wird. Das Abendessen hat mit einem Tischgebet begonnen.

*

Amerika (USA) ist im Grunde nicht kriegerisch, sondern lediglich kommerziell; Krieg als die Fortsetzung des Geschäftes mit anderen Mitteln.

*

Amerikaner zu überzeugen, dass Europa sich verteidigen will – was ohne die Allianz mit den USA allerdings aussichtslos erscheint – dass wir aber Angst haben davor, das Schlachtfeld für die beiden Super-Mächte zu werden und dabei unterzugehen ein für alle Mal, ist bisher noch nicht gelungen; sie finden uns unzuverlässig, die Amerikaner in Ohio oder Alabama oder Florida. Sie haben Chicago oder das schöne Boston noch nie so zerstört gesehen wie Warschau, nicht einmal wie Berlin, und das waren noch halbbatzige Zerstörungen.

*

Unsere Prince Street wird geteert. Ich schaue zu, wie ich als Bub solchen Arbeiten oft zugeschaut habe, das kenne ich: der schwarze Brei, der noch ein wenig raucht, dann die schwere Walze. Aber sie arbeiten hier anders: wie grosse Buben. Wie Pioniere, die Eile haben. Wie Dilettanten, die sich zu helfen wissen. Tüchtig mit etwas Pfuscherei, also unzimperlich und zügig. Es gibt so viel Strasse, die geteert werden muss, allein in Manhattan. Die Walze fährt einen Lampenmast an und verbiegt ihn, keine Aufregung darüber. Das Zuschauen macht Spass. Lauter kräftige Männer, darunter auch grauhaarige, die diesen Job vermutlich schon kennen. In Europa (vor allem in der Schweiz) sieht es immer nach Facharbeit aus, auch wenn es Arbeiten sind, die jedermann verrichten könnte. Als ich vom Kiosk zurückkomme, ist die Teerung schon fünfzig Meter weiter gewalzt und fertig, der Lampenmast nicht verbogener als manche andere auch.

*

Nachbemerkung

Max Frisch reiste 1951, knapp vor seinem vierzigsten Geburtstag, zum ersten Mal in die Vereinigten Staaten von Amerika. Der Schweizer Schriftsteller, bis dahin vordringlich als Journalist und Dramatiker in Erscheinung getreten, hatte von der amerikanischen Rockefeller Foundation ein Stipendium zugesprochen bekommen (»Rockefeller Grant for Drama«), nach dem Wunsch des Autors verbunden mit einem einjährigen Aufenthalt in den USA.

Zwischen April 1951 und Mai 1952 war er unterwegs. Von New York aus, wo er zunächst ein kleines Apartment nahe dem Central Park gemietet hatte, besuchte er unter anderem Chicago, San Francisco und Los Angeles, später auch andere Städte und im November 1951 Mexiko. »Für mich ist es grossartig, Europa einmal von aussen zu sehen; es wird kleiner, ohne wesentlich etwas einzubüssen«, schrieb Frisch im Dezember 1951 an seinen Verleger Peter Suhrkamp.[1] Während dieses ersten USA-Aufenthalts entstanden die Vorfassung eines Romans, der später den Titel *Stiller* tragen sollte, und das 1953 uraufgeführte Theaterstück *Don Juan oder die Liebe zur Geometrie*.

Das Erlebnis Amerika prägte ihn und sein Schreiben nachhaltig. Nicht nur im *Stiller* (1954), auch im darauffolgenden Roman *Homo faber* (1957) ist ein Echo davon zu finden. Gerade das deutsche Publikum zeigte sich in den fünfziger Jahren von der Weltläufigkeit des Schweizers beeindruckt. Der selbstverständliche Umgang mit englischen Vokabeln, Zitaten und Redeweisen aus der amerikanischen Lebenswelt, für uns heute eine Selbstverständlichkeit, war für die zeitge-

1 Brief vom 16.12.1951, Max Frisch-Archiv, Zürich

nössischen Leser ungewöhnlich und neu. Noch heute wirken die Schilderungen frisch und lebendig und sind als Zeitdokument aufschlußreich.

Amerika war für Frisch eine Offenbarung. »Amerika ist ja kein Land, was wir Europäer als ein Land zu bezeichnen gewohnt sind«, heißt es 1953 in dem Aufsatz *Unsere Arroganz gegenüber Amerika*, »sondern ein Kontinent, nicht von einem Volk bewohnt, sondern von einer Völkerwanderung, die noch keineswegs abgeschlossen ist, und über Amerika zu sprechen, wagen wir bekanntlich nur in den ersten Wochen.«

Frisch hingegen hat nach dieser ersten Begegnung nicht mehr aufgehört, über das Land und den Kontinent zu sprechen. In Essay, Roman und Tagebuch, das zeigt die vorliegende Auswahl, sind die USA und der ferne Westen für Max Frisch zentrales Thema und wichtiger Schauplatz gewesen.

Noch während des ersten Aufenthalts 1951 entstanden Notizen jener Art, wie sie schon für das *Tagebuch 1946-1949* (1950) charakteristisch sind: *Amerika, 1951* ist ein Auszug aus einem 30-seitigen Typoskript, das Teil des Nachlasses im Max Frisch-Archiv ist. Auch zahlreiche Briefdokumente aus dieser Zeit sind erhalten, wie etwa das hier abgedruckte Schreiben vom August 1951 an den Freund Kurt Hirschfeld, zunächst Dramaturg, dann künstlerischer Leiter am Schauspielhaus Zürich und wichtiger Förderer des Dramatikers Frisch. Dem Interesse am Theater verdanken sich die im Mai 1952 entstandenen *Glossen zum amerikanischen Theater*, die ebenfalls als Typoskript im Archiv aufbewahrt werden und hier in Auszügen nachzulesen sind.

Die 1953 in Zürich vor Schweizer Architekten gehaltene Rede *Unsere Arroganz gegenüber Amerika* war die Einleitung zu einem Vortrag über »schweizerische Architektur, gesehen nach einem einjährigen Aufenthalt in den USA«.[2] Der Aufsatz *Begegnung mit Negern* – Untertitel: *Eindrücke aus Amerika* – erschien erstmals im Februar 1954 in der Schweizer Zeitschrift *Atlantis*.

Teile des 1954 publizierten Romans *Stiller* sind schon 1951 in den USA entstanden, waren allerdings ursprünglich für einen später verworfenen Roman gedacht (geplanter Titel: *Was macht ihr mit der Liebe*). In den hier abgedruckten Auszügen zeigt sich die Ambivalenz der USA-Faszination. »Was hat Neuyork nicht alles zu bieten!«, heißt es, doch wird in diesem Ausruf der Begeisterung zugleich auch ein Gefühl der Bedrohung deutlich. Der Abschnitt *Eine betörende Stadt* ist der Dialog zwischen dem in Untersuchungshaft sitzenden Ich-Erzähler Anatol Stiller und dem Staatsanwalt; die beiden verbindet eine Art Freundschaft – obwohl (oder gerade weil) Stiller einst der Geliebte der Ehefrau des Dialogpartners gewesen ist. Deren Amerika-Eindruck wiederum wird in dem Abschnitt *Sinfonie und Limonade* geschildert.
Frischs frühe Begeisterung für die USA ließ Kritik nie vermissen. Seiner Romanfigur Walter Faber legte der Autor Mitte der fünfziger Jahre manch grimmige Bemerkung über »The American Way of Life« in den Mund (damit zugleich aber auch europäischen Hochmut charakterisierend): »Schon was sie essen und trinken, diese Bleichlinge, die nicht wissen, was Wein ist, diese Vitamin-Fresser, die kalten Tee trinken und Watte kauen und nicht wissen, was Brot ist, dieses Coca-Cola-Volk, das ich nicht mehr ausstehen kann –«. Was Amerika zu bieten hat? Für Faber vor allem dies: »Komfort, die beste Installation der Welt, ready für use, die Welt als amerikanisiertes Vakuum, wo sie hinkommen, alles wird Highway, die Welt als Plakat-Wand zu beiden Seiten, ihre

2 Vgl. GW III, S. 863

Städte, die keine sind, Illumination, am anderen Morgen sieht man die leeren Gerüste, Klimbim, infantil, Reklame für Optimismus als Neon-Tapete vor der Nacht und vor dem Tod –«.

Max Frisch allerdings kehrte in regelmäßigen Abständen zurück, vor allem immer wieder nach New York. Die USA, mit deren Politik der Autor sozialistischer Gesinnung oft genug haderte, wurden für ihn zum Inbegriff von Offenheit und Weite – im Gegensatz zu europäischer, vor allem Schweizer Enge und Engstirnigkeit. Im *Tagebuch 1966-1971* (1972) werden die Eindrücke einer Reise in die USA im Jahr 1970 und eines längeren Aufenthalts in New York von Februar bis Mai 1971 festgehalten, Eindrücke, die hier in großen Teilen nachgedruckt werden, vom *Lunch im Weißen Haus* im Mai 1970 bis zur Rückreise nach Europa (Ankunft Anfang Juni 1971): *Die Tapferkeit des Chlorophylls.*

Ausgehend von einem Wochenende an der amerikanischen Ostküste, zieht das autobiographische Meisterwerk *Montauk* (1975) die Bilanz eines Schriftsteller- und Liebeslebens: Im Kapitel *Gedächtnis der Haut* finden sich Auszüge daraus. Auch in dem aus dem Nachlaß edierten Tagebuch-Fragment *Entwürfe zu einem dritten Tagebuch* (2010) spielt die Auseinandersetzung mit den USA noch einmal eine wesentliche Rolle: Notizen, knappe Szenen des Verdrusses und des Abschieds, Anmerkungen zu einem Loft in der Prince Street in New York, das Frisch im April 1981 gekauft und im September 1984 wieder verkauft hat. Schon im November 1983 hatte er seinem Kollegen Wolfgang Hildesheimer geschrieben: »Ich bin Amerika-müde, habe mir ein Altersheim de luxe in Zürich gemietet, um als Europäer zu enden.«[3]

3 Brief vom 19.11.1983, in: Wolfgang Hildesheimer: *Briefe*, hg. von Silvia Hildesheimer und Dietmar Pleyer, Suhrkamp Verlag, Frankfurt a. M. 1999, S. 286

Die Texte in diesem Band summieren sich zu einem Jahrzehnte übergreifenden Bild Amerikas: aus der Sicht eines zunächst staunenden, dann zunehmend heimischer werdenden Schweizers. Zugleich dokumentieren sie die scharfe Beobachtungsgabe und unbestechliche Urteilskraft dieses großen europäischen Schriftstellers.

Hamburg, Dezember 2010   V. H.

Quellennachweise

Max Frisch: Gesammelte Werke in zeitlicher Folge, Bände I-VII, hg. von Hans Mayer unter Mitwirkung von Walter Schmitz, Suhrkamp Verlag, Frankfurt a. M. 1976, erweiterte und revidierte Ausgabe 1986.
Im Folgenden: GW I-VII

AMERIKA, 1951 · In: Max Frisch, Jetzt ist Sehenszeit. Briefe, Notate, Dokumente, 1943-1963, hg. von Julian Schütt, Suhrkamp Verlag, Frankfurt a. M. 1998, 117 ff.

AN KURT HIRSCHFELD · In: Max Frisch, Jetzt ist Sehenszeit, 115 f.

GLOSSEN ZUM AMERIKANISCHEN THEATER · Auszug aus: Max Frisch, Jetzt ist Sehenszeit, 121-133, hier: 125 f. und 130 ff.

UNSERE ARROGANZ GEGENÜBER AMERIKA · in: GW III, 222-229.

BEGEGNUNG MIT NEGERN. Eindrücke aus Amerika · in: GW III, 243-259

EINE BETÖRENDE STADT* · Auszug aus: Max Frisch, Stiller, in: GW III, 359-780, hier: 525 ff.

SINFONIE UND LIMONADE* · Auszug aus: Max Frisch, Stiller, in: GW III, 359-780, hier: 655 ff.

ELF JAHRE IN MANHATTAN* · Auszug aus: Max Frisch, Homo Faber, in: GW IV, 5-203, hier: 161 ff.

WAS AMERIKA ZU BIETEN HAT* · Auszug aus: Max Frisch, Homo Faber, in: GW IV, 5-203, hier: 175 ff.

LUNCH IM WEISSEN HAUS, 2. 5. 1970 · Auszug aus: Max Frisch, Tagebuch 1966-1971, in: GW VI, 5-404, hier: 271 ff.

NACHTRAG ZUR REISE · Auszug aus: Max Frisch, Tagebuch 1966-1971, in: GW VI, 5-404, hier: 290 f.

VORKOMMNIS · Auszug aus: Max Frisch, Tagebuch 1966-1971, in: GW VI, 5-404, hier: 341 ff.

ES WAREN SCHWARZE* · Auszug aus: Max Frisch, Tagebuch 1966-1971, in: GW VI, 5-404, hier: 343 ff.

WOMEN'S LIBERATION · Auszug aus: Max Frisch, Tagebuch 1966-1971, in: GW VI, 5-404, hier: 345 ff.

GESTERN IN DER NACHBARSCHAFT* · Auszug aus: Max Frisch, Tagebuch 1966-1971, in: GW VI, 5-404, hier: 347 ff.

WALL STREET · Auszug aus: Max Frisch, Tagebuch 1966-1971, in: GW VI, 5-404, hier: 351 ff.

ALLES IST PARK* · Auszug aus: Max Frisch, Tagebuch 1966-1971, in: GW VI, 5-404, hier: 354 ff.

SCHOOL OF THE ARTS · Auszug aus: Max Frisch, Tagebuch 1966-1971, in: GW VI, 5-404, hier: 361 ff.

AUFMARSCH DER KRIEGSGEGNER* · Auszüge aus: Max Frisch, Tagebuch 1966-1971, in: GW VI, 5-404, hier: 363 f., 375 und 378

BROWNSVILLE · Auszug aus: Max Frisch, Tagebuch 1966-1971, in: GW VI, 5-404, hier: 378 ff.

FREIHEIT, ANSTAND UND MORAL* · Auszug aus: Max Frisch, Tagebuch 1966-1971, in: GW VI, 5-404, hier: 381 ff.

UNTERHALTUNGEN IN DER FREMDE* · Auszug aus: Max Frisch, Tagebuch 1966-1971, in: GW VI, 5-404, hier: 393 f.

DIE TAPFERKEIT DES CHLOROPHYLLS* · Auszüge aus: Max Frisch, Tagebuch 1966-1971, in: GW VI, 5-404, hier: 397 f. und 401

GEDÄCHTNIS DER HAUT* · Auszüge aus: Max Frisch, Montauk, in: GW VI, 617-754, hier: 622 ff., 635 f., 654 f. und 752 ff.

ENTWÜRFE ZU EINEM AMERIKABILD* · Auszüge aus: Max Frisch, Entwürfe zu einem dritten Tagebuch, hg. von Peter von Matt, Suhrkamp Verlag, Berlin 2010, 7, 9, 31 ff., 37, 40, 44, 46 ff., 79, 90 und 119

* Titel vom Herausgeber

»Die Wahrheit kann man nicht
beschreiben, nur erfinden.« Max Frisch

Dieser aufwendig gestaltete Bildband nimmt einen der ganz Großen der
Literatur völlig neu in den Blick. *Spiegel*-Redakteur Volker Hage hat dafür
300 Fotos aus Familienalben, Privatsammlungen und Archiven ausge-
wählt, Meisterfotos bedeutender Fotografen ebenso wie Schnappschüsse,
viele davon kaum bekannt oder nie zuvor veröffentlicht. Texte von Max
Frisch und Kommentare des Herausgebers erhellen Szenen aus dem Alltag und erläutern Lebensstationen. In bisher größtenteils unpublizierten
Gesprächen kommt Max Frisch noch einmal selbst zu Wort.

Max Frisch. Sein Leben in Bildern und Texten
Herausgegeben von Volker Hage
257 Seiten

Max
Frisch
Entwürfe zu
einem dritten
Tage
buch
Suhrkamp

»Mit ›Tagebuch‹ bezeichnet Max Frisch
seit den 1940er Jahren eine literarische
Form, die sich von dem, was man
landläufig unter dem Begriff versteht,
grundlegend unterscheidet …
Als literarische Form steht es gleichwertig
neben dem Roman, der Erzählung, dem
Theaterstück.«

Peter von Matt

Im August 2009 meldeten die Feuilletons eine Sensation: In einem der
Öffentlichkeit nicht zugänglichen Teil des Max Frisch-Archivs in Zürich
war das Typoskript eines bisher unbekannten Werks des Autors gefunden
worden. Auf der Titelseite ist notiert: »Tagebuch 3. Ab Frühjahr 1982«.
Max Frisch lebte zu dieser Zeit in New York, zusammen mit seiner dama-
ligen Lebensgefährtin Alice Locke-Carey, bekannt als »Lynn« aus der Erzählung *Montauk*. Ihr ist dieses *Tagebuch 3* gewidmet. Wie die beiden le-
gendären 1950 und 1972 erschienenen Tagebücher verzeichnen auch die
Entwürfe zu einem dritten Tagebuch Augenblicksnotizen neben längeren
reflexiven Passagen über die Liebe und die Politik, das Leben und das
Sterben, über Momente großen Glücks und die schwere Last des Alterns.

Max Frisch, Entwürfe für ein drittes Tagebuch. 213 Seiten

»Durch seine Biographie und sein Werk
zieht sich der Wunsch, immer wieder neu
anzufangen, altes Leben abzustreifen, sich
zu häuten, ein unbekanntes Ich zu sein.«

Max Frisch ist der meistgelesene Schriftsteller der Schweiz, in Deutschland verkaufen sich seine Bücher in Millionenauflage. Nun zeichnet die
bisher gründlichste Biographie Frischs Aufstieg bis in die Mitte der fünfziger Jahre seines Jahrhunderts nach. Julian Schütt, einer der besten Ken-
ner von Leben und Werk des Schweizer Autors, wertet dafür erstmals alle
zugänglichen Quellen aus, darunter zahlreiche bislang unbekannte
Briefe, Notate und Dokumente, und er hat mit vielen Zeitgenossen und
Weggefährten des Dichters gesprochen. Lebendig und anschaulich erzählt er, wie Max Frisch zum Weltautor wurde.

Julian Schütt, Max Frisch. Biographie eines Aufstiegs
Etwa 600 Seiten